다르마의 축복

다르마의 축복

1판 1쇄 인쇄 · 2020년 12월 15일
1판 1쇄 발행 · 2020년 12월 20일

지은이 · 정효구
지은이 · 한봉숙
펴낸곳 · 푸른사상사

주간 · 맹문재 | **편집** · 지순이 | **교정** · 김수란
등록 · 1999년 7월 8일 제2-2876호
주소 · 경기도 파주시 회동길 337-16 푸른사상사
대표전화 · 031) 955-9111~2 | **팩시밀리** · 031) 955-9114
이메일 · prun21c@hanmail.net | **홈페이지** · http://www.prun21c.com

ⓒ 2020, 정효구

ISBN 979-11-308-1727-9   03810
값 39,000원

다르마의 축복

정효구 산문집

푸른사상
PRUNSASANG

　이 책은, 지난 늦은 봄부터 저의 삶과 마음 안에 존재하는 '다르마의 풍경'을 찾아내며 스스로 숨 쉴 장소를 만들었던 흔적입니다.

　공부의 진도는 쉽게 나아가지 않고, 사바세계에서 인간 종으로 살아가는 일은 언제나 난제였습니다.

　하지만 이런 인간 종에게도 '다르마의 소식'이 당도해 있다는 사실은 축복이자 희망으로 다가왔습니다. 제가 이 다르마의 소식에 기대어 숨 쉰 풍경 속에서 여러분들도 잠시나마 쉬어갈 수 있었으면 좋겠습니다.

만유의 화평과 행복을 기원합니다. 그리고 푸른사상사의 한봉숙 사장님과 직원 여러분께 깊은 감사의 마음을 전합니다.

2017년 초겨울에
정효구 씀

다르마의 축복

제2부

제3부

제4부

제5부

제1부

바다,
사라지는 기쁨

    무한을 느끼게 하는 바다 앞에 서면 나는 어느새 무한이 된다. 나를 잊고, 너를 잊고, 시간을 잊고, 공간을 잊고 바다와 함께 무한이 되는 것이다. 이때, 그토록 집착했던 우리 존재의 실체와 경계는 봄눈처럼 사라지고 만다. 이처럼 나라는 존재가 시킨 이도 없는데 아침 이슬처럼 사라지고 마는 신비경을 어떻게 설명해야 할까? 더욱이 존재가 사라질 때의 감미로움과 해방감을 어떻게 전달해야 할까? 이와 같은 사라지는 감동과 잊혀지는 아름다움의 느낌은 언어를 넘어서기에 설명과 전달이 어렵기만 하다.

바다는 우리가 오직 그 앞에 서기만 해도 이런 기적을 마술사처럼 만들어낸다. 찾아오고, 바라보는 모든 이들에게, 바다는 한결같은 사라짐의 환희심을 한없이 선사한다. 어느 곳에서 우리가 이토록 사라짐의 환희심을 선사받고 영원처럼 살아볼 수 있단 말인가. 바다는 우리의 아상(我相)을 허무는 최대의 법문이자 최고의 경전이다.

이런 바다가 우리의 아상을 일거에 허물 수 있는 비밀은 오직 한 가지이다. 그것은 바다 자체가 무한을 온전히 구현하고 있는 무아(無我)의 몸이기 때문이다. 무시무종(無始無終), 무변무상(無邊無相), 무정무사(無情無私)의 삶으로 바다는 세상이 일체임을 무언의 행으로써 여법하게 현시하고 있는 것이다. 이런 바다를 보노라면, 우리 자신이 무한의 무아가 되지 않고서는 다른 그 누구의 아상을 단 일부분도 허물 수 없음을 알게 된다.

그런 점에서 바다는 인간에게 주어진 우주법계의 대선물이자 교훈서이다. 또한 인간들을 무한으로 이끌어서 다시 태어나게 하는 든든하고 자비스러운 대스승이다. 이런 바다 앞에서 우리는 즉각 선정이나 삼매와 같은 크나큰 고요 속으로 직입한다.

다르마의 축복

그리고 나누어져 긴장되고, 과시하여 혼란스러웠던 마음을 다스린다. 바다가 아니라면 어디서 이렇게 마음을 봉합하고 가라앉혀 우리 자신을 치유할 수 있을까. 바다가 아니라면 정말 어디서 이렇게 굳어지며 흔들리는 우리들의 마음을 풀어내며 안심시킬 수 있을까.

바다 가운데서도 특별히 겨울 바다가 그러하다. 겨울 바다의 그 강력한 무아성과 무한성에 사로잡히지 않을 사람은 거의 없을 것이기 때문이다. 나는 이런 바다의 힘을 보면서 붓다가 수보리 존자에게 그토록 강조한 『금강경』의 조복기심(調伏其心)과 항복기심(降伏其心)이 어떤 것인지를 짐작해본다. 도저히 자신을 내려놓지 않고는 버틸 수 없는 강력한 힘의 존재와 그 내려놓고 만 자의 기쁨을 상상해보는 것이다.

아상으로 인하여 번뇌망상이 깃들어 괴로워질 때는 바다를 찾아갈 일이다. 바다는 우리가 무슨 종류의 번뇌망상을 가지고 찾아왔든 개의치 않고 그것을 순식간에 해체시켜 평정 상태로 되돌린다. 그 해체와 평정의 방식은 단 한 가지이다. 무겁고 끈질기며 막무가내인 아상을 일시에 무한의 힘으로 무력화시켜버리는 것이다. 그리고 그 무력화되었을 때의 기쁨을 한없이 느끼도록 해주는 것이다. 이런 사라짐의 기쁨은 마약과 같아, 그 기쁨을 맛본 사람은 잊을 수가 없다. 그 기쁨이 그리워서 마침내는 자발적으로 아상을 헌납하고 봉헌하는 데까지 이를 것이다. 이 엄청난 역설로 인하여 우리의 삶은 그래도 근근히 유지된다.

다르마의 축복

초원,
길을 잃는 기쁨

초원은 녹색의 일색(一色) 지대이다. 녹색이 얼마나 아름답고 장엄한지를 알려주는 우주법계의 한 차원이다. 초원의 색인 이 녹색은 일곱 가지 무지갯빛의 중심에 자리하여 중도성을 구현하고 있는 색이다. 그러니 녹색의 초원은 중도성의, 철학적인 땅이다.

초원은 또한 평평(平平)한 땅이다. 평평한 땅에선 어느 것도 생심(生心)으로 인한 자기 과시를 하지 않는다. 모두가 자신을 낮추며 협심(協心) 속에서 평평한 세상을 창조하고 유지한다. 이런 녹색의 초원에선 평화와 안정, 화평과 안녕의 기운이 일상처럼 감돈다. 아무 일도 없을 것 같은, 누구도 고통스러울 것 같지 않은 안심의 세계가 찾아오는 것이다.

이런 초원에선 마구 뛰어다니고 싶은 유년기의 충동이 일어난다. 어디를 가도 장애가 없고, 어느 곳으로 가도 길이 되며, 어느 곳에서도 기쁨을 느낄 수 있을 것 같은 기대가 솟아나는 까닭이다. 실제로 초원의 한가운데를 가로지르며 달려보라. 아무리 달려도 초원은 우리를 품을 만큼 넓고 깊다. 그리고 우리를 실망시키지 않을 만큼 푸르고 정갈하다.

이런 초원을 달리다 보면 아예 미아가 됨으로써 행복해지는 순간을 경험한다. 길을 포기하고 넘어섬으로써, 인간적 의욕을 저버리고 초월함으로써 가능해지는 어떤 시원의 아늑함과 평안함이 찾아오는 것이다. 그러고 보면, 눈에 보이는 정해진 길과 인간적인 의욕은 우리를 고달프게 하는 문명이다. 잘 생각해보라. 우리는 이 문명이라는 이름을 가진 유위의 유혹이 부재하는 어떤 무위의 세계를 무의식 깊은 곳에서부터 그리워하고 있다. 말하자면 길을 잃고 싶은 마음, 길을 보고 싶지 않은 마음, 의욕 같은 탐욕에 저당 잡히고 싶지 않은 마음, 의욕 같은 추동력 앞에서 조급해지고 싶지 않은 마음이 우리 속에 있는 것이다.

이와 같은 초원은 어느 곳이나 한가운데같이 느껴진다. 중심과 주변, 가까운 곳과 먼 곳을 구별하지 않고 오직 한가운데만이 존재하는 것 같은 평등심의 땅이 초원이다. 이런 초원의 어느 지점에 그냥 앉아 사방을 둘러보면 참으로 하염없는 방심과 평화가 끝없이 밀려온다. 모든 것이 제자리걸음이어도 좋을 것 같은, 모든 곳이 열려 있어 굳이 더 열 것이 없는 녹색 유토피아가 진경으로 펼쳐지는 것이다. 이처럼 모든 곳이 한가운데같은 초원에선 그야말로 오고 감이 무색하고, 늘어나고 줄어드는 것이 무색하다.

초원의 평평한 녹색 땅을 그 초원의 키 작은 풀들에 눈높이를 맞추고 둘러보면 녹색 초원은 꽃들의 화엄바다이다. 생명 가진 모든 것들이 꽃망울을 맺듯이 초원의 그 많은 작은 풀들은 일제히 꽃을 매달고 자신의 빛을 뿜어내며 어우러져 있는 것이다. 이 보석 같은 꽃들의 바다에서 우리는 가슴이 환해지며 먹먹해지는 전율과 울림의 순간에 직면한다.

녹색의, 풀들마다 꽃망울을 품은 초원은 언제나 하늘과 짝이 된다. 녹색의 초원 위에 이런 하늘이 부재한다면 초원은 그 격조가 한참 낮아졌을 것이다. 초원은 하늘을 마주하며 하늘의 푸르름과 어울리고, 하늘의 드높음과 교감하며, 밤하늘과 교신하고 산다. 이런 살림살이에서 초원은 품격 있는 어울림의 비경과 신비를 우리에게 알려준다.

다르마의 축복

강,
그저 흘러가는 기쁨

강은 느릿느릿 흘러간다. 느릿느릿 흐르거나 발걸음을 옮기기까지엔 정말로 수많은 수행의 시간이 필요하다. 어떤 경계에도 휘둘리지 않고, 어떤 내적 소란에도 흔들리지 않는 담담함과 여유로움, 튼실함과 초연함, 자신감과 자유로움이 있을 때, 우리의 행위는 '느릿느릿' 해질 수 있다.

느릿느릿 흘러가는 강물 옆에서 우리는 그 강물을 따라 저도 모르게 느릿느릿해진다. 서두를 것이 없다고, 이렇게 흘러가도 종착지에 다다를 수 있다고, 강물이 전해주는 말을 우리는 순하게 듣는다. 강물이 하는 말은 말할 것도 없이 무정설법(無情

說法)이다. 강은 말없이 말을 건네주고 있는 것이다.

강은 먼 길을 한결같이 흘러간다. 시계도 없이, 계획도 없이, 누구의 눈치도 보지 않고 그냥 제 모습대로 밤낮 없이 흘러간다. 그렇게 흘러가는 강물을 보면 세상의 시간표가 무색해지고, 인생의 계획이 하수(下手)의 일만 같으며, 타인의 눈치를 보느라 숙면조차 할 수 없는 우리의 삶이 안쓰럽다.

강은 먼 길을 가면서 아무것도 감추는 것이 없다. 그저 맨몸 그대로를 주변에 드러내며 아무 거리낌 없는 길을 간다. 이런 강물엔 언제나 하늘이 비취고, 새들이 날아들며, 들녘의 바람이 다녀가고, 높은 산의 그림자가 깃든다. 이처럼 감출 것이 없는 삶, 아예 감춘다는 생각조차 해보지 않은 삶, 언제나 있는 그대로 아무렇지도 않은 삶은 참으로 고수(高手)의 일이다.

강은 흘러가면서 작은 시냇물들을 계속하여 받아들인다. 시냇물이 그들만의 시간을 마치고 강물 속으로 스며들 때 강은 기꺼이 그들을 품어 안는다. 이런 강은 하류로 갈수록 원만해진다. 하류의 강은 먼 길을 오는 동안 그만큼 수많은 시냇물을

다르마의 축복

품어 안고 자신을 다스려 왔기 때문이다.

강은 언제나 낮은 곳에서 흐른다. 아무리 키가 작은 사람이라도 강을 바라보기엔 키가 작지 않다. 그렇다고 강이 만만한 것은 아니다. 강을 바라보기는 쉽지만 강을 건너기는 어렵기 그지없다. 강물에 다리를 놓고 으스대는 사람들의 표정은 이런 마음의 반영이다.

강은 어느 땐 서로 다른 곳에서 오는 강들과 합류하여 바다에 이른다. 서로 다른 길을 걸어온 사람들이 교차로에서 만나 어딘가로 동행의 길을 떠나듯 강들도 그렇게 서로 다른 물줄기와 함께 만나는 기쁨의 시간을 만들어보는 것이다. 강물이 이렇듯 만남으로써 아름다워진 곳으로 널리 알려진 데가 양수리(兩水里)와 강화도(江華島)이다.

강은 언제 보아도 은근한 감동이 있다. 노현자처럼 초연하게 흘러가는 강물은 우리가 사는 세계를 재우며 일깨우는 미학적, 영성적 존재이다.

하늘,
생각이 멈추는 기쁨

세상이 너무 맑아 뭔가 이상한 일이 일어난 것 같은 느낌이 들 때쯤, 사방을 두리번거리다 보면 문득 구름 한 점 없는 푸른 하늘이 눈에 들어온다. 이렇게 하늘 전체가 온전히 푸른빛만으로 하나가 된 표정을 가리켜 '청천하늘'이라고 불러본다면 그때의 청천은 '淸天', '靑天', '晴天'의 세 글자를 모두 써야 그나마 그 뜻이 전달될 것 같다.

이처럼 푸른 하늘은 불교에서 그토록 강조하는 '청정심(淸淨心)' 같다. 탐진치(貪嗔癡)가 온전히 제거된, 무진번뇌(無盡煩惱)가 일시에 날아간, 수미산 같은 무명업장(無明業障)이 한꺼번에 무너진, 그야말로 맑고 밝은 이의 마음이 이와 같을 것이다. 이런 하늘을 바라보노라면, 바라보는 이의 마음도 일시에 하늘의 마음을 닮는다. 머뭇거릴 틈도 없이 하늘의 마음이 바라보는 이의 마음속에 그대로 들어와 안기는 것이다. 이를 가리켜 '일초직입여래지(一超直入如來地)'의 순간과 같다고 말하면 조금 관념적일까? 그러나 이런 하늘을 만나는 순간은 참으로 놀랍고 경이롭고 충격적이다. 하늘이 인간들에게 베풀 수 있는 은혜가 있다면 이런 은혜는 최고의 은혜라고 말하지 않을 수 없다.

구름 한 점 없는 푸른 하늘은 동양의 우주관을 담고 있는 주역의 첫 번째 괘인 '건위천(乾爲天)' 괘와도 닮았다. 오직 양기만이 가득한 이 괘 앞에서 우리들의 삶 속에 깃들었던 음기는 벼락처럼 사라진다. 어떤 음기도 허락하지 않는, 어떤 음기로도 탁해질 수 없는, 오직 순양(純陽)의 기운만이 갖는 강한 힘과 상서로움이 여기에 있다. 온전한 양기 앞에서 사람들은 조금씩 삼가는 마음이 생긴다. 결코 더럽혀서는 안 될 것 같은 양심과, 결코 넘볼 수 없는 권위가 그로부터 탄생되기 때문이다. 혼잡스러워서 더 이상 어찌해볼 수 없는 세상은 이런 건위천 괘의 신성성으로 충격을 주어 다시 태어나게 할 수밖에 없다. 그리고 다시 시작하도록 할 수밖에 없다.

그런데 구름 한 점 없는 푸른 하늘은 한밤중에도 그 진가를 고스란히 드러낸다. 이런 날이면 하늘의 별들은 맑은 공성(空性)의 거울에 존재를 드러내 비춰이듯 한없이 맑고 밝은 빛을 내면서 반짝인다. 청정한 하늘에서 온전히 빛나는 별들의 반짝임은 너무나 싱그럽고 찬란하여 다른 무슨 말로도 표현하기 어렵다. 그러니 밤이라고 해서 다 같은 밤이 아님을 우리는 이로부터 알게 된다. 밤에도, 그 질적 등급이 있는 것이다.

생각이 깊은 사람이라면 낮의 날씨뿐만 아니라 밤의 날씨에도 마음을 기울일 것이다. 특별히 낮의 하늘뿐만 아니라 밤의 하늘이 보여주는 풍경에도 관심을 가질 것이다. 맑고 푸른 밤하늘의 표정은 정말로 보이지 않는 가운데 세상을 맑혀주고 밝혀주는 숨은 성자 같다. 그러니 사람들이 잠든 밤이라고 해서 우주의 성스러운 일이 멈춘 것이 아님을 알아야 하리라.

나는, 너무나도 푸르르고 구름 한 점 없는 하늘 앞에서 얼어

다르마의 축복

붙듯 모든 생각을 멈추어버리는 경험을 한다. 불가에서 일컫는, 시비분별을 넘어 '멈춘 이'의 마음이 이와 같고, '멈춘 이'의 환희심이 이와 같은 것이라고 말해보면 만용이 될까. 그러나 구름 한 점 없는 청천 하늘 아래에선 이런 기적이 일어난다. 아무런 생각도, 아무런 언어도, 아무런 행위도 꿈틀대지 않는 멈춘 이의 순간이 찾아오는 것이다. 이것은 혼탁한 이 땅에서 경험할 수 있는 최고의 축복 가운데 하나이다.

들길,
평화로운 숨길의 시간

들에 길이 있다. 들녘을 서로 소통하게 하는 통로이다. 아니다. 이렇게 말하면 너무 산문적이다. 들에 난 길은 들녘의 숨길이다. 인간들이 가장 적절한 자연 속에 발을 내디디며 살아간 생명적 삶이 중첩되어 만들어진 길이다. 그 길은 인간의 몸과 마음의 리듬을 그대로 담고 있으며, 누구 혼자서 만들 수 없는 인류의 흔적을 담고 있다.

들길을 걸으면 평화와 고요가 찾아온다. 들녘의 풍요와 그 넓이가 주는 넉넉함, 그리고 오랫동안 사람들이 함께 만들어낸 참마음의 온기가 모여 있는 길이기에 그러할 것이다. 이런 들

다르마의 축복

길은 아무런 꾸밈도 필요하지 않은 소박한 길이다. 그리고 처음 걷는 길이지만 오래전부터 걸었던 것처럼 낯익고, 언제나 걸어도 한결같은 신뢰의 길이다.

이런 들길에선 조금 고독하지만 사색인의 걸음걸이를 닮게 된다. 저도 모르게 다가오는 내면으로의 여행과 깊이로의 초월을 즐기는 시간이 찾아오는 것이다. 그래서일까. 들길을 걷고 나면 우리는 이전보다 한층 차분하고 충만해지며 성숙해진 존재가 된다.

이렇게 말하고 보니 '들길의 사상가'라고 불린 하이데거의 '들길 사랑론'이 떠오른다. 또한 박목월 시인의 시 작품 「나그네」 속의, 강나루를 건너서 밀밭 길을 걸어가는 초연한 나그네의 모습도 떠오른다. 이런 들길은 영혼의 길이며 시적인 길이다. 너와 내가 하나로 이어지며, 너와 내가 하나로 스며드는 길인 것이다.

들길에선 길과 나 사이에 틈이 없다. 걸어가다 흥이 나면 맨발로 걸어도 좋을 것 같은 합일감이 그 속에 있다. 그리고 힘이

들면 어디서나 한없이 쉬었다 가도 아무 일이 없을 것 같은 방심이 허락된다. 또한 길가의 수많은 생명들과 인사를 일부러 나누지 않고도 그냥 이전부터 한 가족인 것처럼 아무렇지도 않게 길을 갈 수 있는 곳이 들길이다.

들길에서 우리는 한없이 편안해지고 자유스러워진다. 자동차도, 가게도, 간판도 따라오지 못하는 들길에서 우리는 어떤 문명의 욕망도 잊을 수 있기 때문이다. 문명이란 한마디로 말하면 욕망의 기호이다. 그 기호는 편리함을 주는 대신 구속의 압력을 행사한다. 거기서 우리는 해방되기보다 길들여지고, 자발성보다 타율성에 의존하게 된다.

들길을 가다 때론 예기치 않은 예쁜 꽃과 작은 곤충들을 만날 때가 있다. 꽃들은 저희들끼리 그곳에서 살림살이를 하고 있고, 곤충들은 우리가 모르는 그들만의 세계를 살아가고 있다. 뿐만 아니라 때론 짐승들도 만날 때가 있다. 청설모나 다람쥐 같은 것, 고라니나 들고양이 같은 것들이 길을 가로지르며 어딘가로 달려가고 있는 것이다. 그런가 하면 콩새 떼나 참새 떼 같은 것들이 풀숲을 드나들며 재재거리고 있는 것이다.

다르마의 축복

아, 그러고 보면 들길은 인간만의 길이 아니다. 수많은 생명들이 제 길인 듯 지나다니는 공도이다. 이런 들길은 생명들과 더불어 걷고 싶은 사람들에게 최적의 장소이다. 이렇게 자연스럽고 사랑스러우며 침착한 곳을 우리는 다른 데서 만나기 어렵다. 가을이 깊어지니 들녘이 무르익은 표정이다. 원영(圓映) 스님의 은유처럼 부처님 빛을 닮은 가을 들녘이 장관이다.

밤,
아무도 모르는 시간

밤은 모든 사람들이 잠을 잘 때 비로소 밤이 된다. 진정 밤이 되었을 때, 밤은 낮보다 더 신비롭고 놀라운 풍경을 창조한다. 소란스러운 인간들이 눈을 감고 어둠처럼 캄캄해질 때, 밤은 다치지 않은 제 모습을 고스란히 드러내는 것이다.

모두가 잠든 밤, 밤은 밤의 청정함을 무엇보다 검은색으로 시현한다. 검은색도 이렇게 청정할 수 있음을 밤은 알려준다. 실로 잘 닦인 검은색은 흰색과 동일하다. 밤의 청정함은 대낮의 청정함과 다르지 않은 것이다. 그런 점에서 밤은 낮과 동일하게 정화와 신성의 존재이자 질료이다.

다르마의 축복

캄캄한 검은 밤은 곱고 부드럽고 고요하며 안온하다. 밤의 이런 물리적이면서도 감성적이고 정신적인 결을 맛본 사람은 밤이 주는 중층적 기쁨을 만끽한다. 요즘은 하루 스물네 시간도 부족하여 '25시'라는 말까지 만들어 써가며 대낮의 연장을 욕망하는 세상이기에 이런 밤을 만나기도 쉽지 않다.

　그러나 밤을 아끼는 마음으로 찾아보면, 아직 어딘가에 남아 있는 산골 마을이나 허름한 변두리 시골 마을에, 문명의 인간들이 어찌하지 못하고 포기한 순정의 오지가 있다. 그 오지 속에서 밤은 제 모습 그대로 싱싱하게 살아난다.

　어두운 밤엔, 하늘의 달과 별이 참으로 아름답다. 어둠 속에 안긴, 어둠과 하나가 된 달과 별의 그 은빛 광명은 지상을 초월한 아름다움이자 빛이다. 정진규 시인이 그의 시 작품 「별」에서 '별들의 바탕은 어둠이 마땅하다'고 말한 바처럼, 어둠은 달과 별을 낳고, 달과 별은 어둠을 장엄한다.

　어두운 밤엔 짐승들의 울음소리며, 풀벌레들의 노래 소리도 참으로 싱싱하다. 고라니가 불현듯 소리를 질러댈 때, 고양이가 조심스럽게 울어댈 때, 쥐들이 세상 모르고 찍찍댈 때, 개들이 컹컹거리며 짖어댈 때, 그리고 풀벌레들이 새벽까지 울어댈 때, 그 소리는 낮의 소리들과 다르게 원시적이다. 원시성이 주는 그 오래된 기운은 기나긴 자연사를 환기시킬 만큼 강력하다.

이렇게 밤이 제 모습으로 피어날 때, 인간들은 어둠과 같은 숙면 속으로 더욱더 깊이 들어가야 한다. 그래야 밤 동안 번뇌를 정리하고 씻어낸 후, 다음 날 아무렇지도 않게 신생의 몸이 되어 재생의 삶을 아침과 더불어 시작할 수 있다.

우리가 깊이 숙면에 들어간 동안, 우리는 밤이 어떤 모습으로 아름다움을 연출하는지 온전히 알 수 없다. 그러나 우리가 그것을 몰라야만 밤이 밤다운 아름다움을 연출할 수 있으니 모르는 것의 미덕이 여기에 있다.

오늘도 밤이 올 것이다. 밤이 마음 놓고 와서 놀도록 우리는 창문을 닫고 진정 '모르는 자'가 되어야 할 것이다. 그리하여 인간들이 퇴장한 자리의 아름다움과 신비를 살려가야 할 것이다.

다르마의 축복

들녘,
너그러움에 물드는 시간

봄의 들녘도, 여름의 들녘도, 가을의 들녘도 비길 데 없는 감동이 있다. 그러나 가을 추수가 끝나면서 시작되는 겨울의 들녘은 특별한 울림이 있다.

모든 것을 다 거두게 하고 휴식에 들어가 있는 겨울 들녘, 더할 것도 감출 것도 없이 맨몸만으로 그저 아무렇지도 않게 방심하고 살아가는 겨울 들녘, 그런 들녘 앞에 서면 일체의 과도한 생의 무게감이 순식간에 사라진다. 그냥 이렇게 존재하는 것만으로도 괜찮을 것 같은, 아무것도 하지 않고 긴 휴식 속에서 호흡조차 정지하고 쉬어도 좋을 것 같은, 어느 것도 분별하지 않고 그대로 받아들여도 아무렇지도 않을 것 같은, 생의 긴 여유와 너그러움이 그대로 전해져 오는 것이다.

겨울 들녘에 바람 한 자락이 스쳐간다. 그대로 들녘의 풍경이 될 뿐 거기에 어떤 생각도 끼어들지 않는다. 겨울 들녘에 한 떼의 새들이 내려와 앉는다. 그것 역시 그대로 들녘의 풍경이 될 뿐 어떤 생각도 거기에 더해지지 않는다. 겨울 들녘에 짧은 겨울 햇살이 내려 앉아 쉰다. 그것 역시 겨울 들녘의 풍경일 뿐 겨울 들녘엔 아무런 일도 일어나지 않는다.

겨울 들녘은 그야말로 무사한인(無事閑人)이다. 언제나 아무 일이 없다. 살얼음이 얼어도, 진눈깨비가 흩날려도, 겨울비가 내려도 겨울 들녘은 아무렇지도 않다. 간혹 누군가 찾아와 눈길을 주어도, 그러다가 떠나가도 겨울 들녘은 아무렇지도 않다. 그뿐 아니다. 들고양이가 어슬렁거려도, 까마귀가 큰 소리를 내며 날개를 치고 날아올라도, 동네 아이들이 몰려들어 왁자지껄해도 겨울 들녘은 아무렇지도 않다.

봄이 올 때까지 단 한 번도 자신을 닫아놓지 않는 겨울 들녘,

다르마의 축복

단 한 번도 경계를 만들고 구획을 짓지 않는 겨울 들녘, 표정을 바꾸지 않고 언제나 그 모습 그대로 한결같은 겨울 들녘은 우리에게 차원 높은 생의 철학과 존재의 방식을 알려준다.

겨울 들녘이 드넓게 펼쳐진 마을은 아무런 장애 없이 마을 일이 들녘처럼 풀릴 것만 같다. 누가 이런 들녘을 지나치며 옹졸한 마음을 내겠는가. 누가 이런 들녘 앞에서 조급한 마음을 내겠는가. 누가 이런 들녘 앞에서 화를 내겠는가. 한 서너 달 동안의 겨울철을 이런 들녘과 함께 지내다 보면 마음은 한없이 가벼워지고 담담해진다. 어떤 자극에도 평상심을 유지할 것만 같은 무심함이 찾아오는 듯하다.

방 안에서 답답할 땐, 이런 겨울 들녘을 한 번 휙 돌아보고 오면 시원해진다. 추위 때문에 밖으로 나가고 싶은 마음이 여간해선 들지 않지만, 일단 밖으로 나가 겨울 들녘이 주는 기운에 젖어들고 보면 겨울 들녘이야말로 우리를 치유하는 놀라운 장소임을 알게 된다. 이런 겨울 들녘에서 돌아오는 사람의 옷자락에선 겨울 들녘의 냄새가 묻어난다. 그가 묻혀 오는 옷자락의 냄새만 맡아도 답답했던 방 안의 기운은 순간 일신된다. 그리고 다시 생을 잘 살아낼 수 있을 것 같은 의욕이 아침 공기처럼 솟아나는 것이다.

그리고 보면 겨울 들녘은 어느 계절의 들녘 못지않게 생산적이다. 하지 않으면서 큰일을 하고 있는 것이다.

다르마의 축복

절[拜],
육신이 마음을 가꾸는 시간

인간의 일 가운데 가장 아름다운 것이 인사(人事)이다. 인사란 말 그대로 인간의 일이다. 인간만이 할 수 있는, 인간이기에 하는, 인간이 될 수 있는 일이다.

인사를 하는 방식은 다양하다. 목례를 하기도 하고, 악수를 나누기도 하며, 포옹을 하기도 하고, 손을 흔들기도 한다. 그런가 하면 뺨이나 코를 부비기도 하고, 가벼운 입맞춤을 하기도 하며, 두 손을 모아 합장을 하기도 한다.

이런 모든 일이 다 인간으로서의 품격을 지키며 평화와 안녕을 지향하는 공경의 행위이다. 그런데 이런 인사법 가운데 아주 큰 감동을 주는 것은 한국식 큰절이다. 지금은 큰절을 하는 관습도 많이 사라졌지만 아직도 큰절을 하는 모습은 남아 있으며 그 감동의 크기는 결코 작아지지 않았다.

나의 은사 선생님 한 분을 찾아가면 반드시 큰절을 해야 했다. 큰절을 하고 나면 선생님에 대한 경건한 마음이 짙게 살아난다. 이런 절을 통하여 선생님과 제자가 마주 앉은 공간은 세속의 부박함을 넘어선 성스러운 장소가 된다. 나는 선생님의 말씀을 소중하게 받아 안고, 선생님은 제자의 삶을 지성으로 아끼시며 말씀을 이어가신다. 이런 시간을 보내고 선생님 댁을 나오게 되면 삶은 정돈되고 정갈해지며 정성스러워진다. 그야말로 선생님께서 늘 말씀하신 '정심(正心)'의 자리를 바라보게 된다.

절에 대해 언급할 땐, 성철 스님의 '삼천 배' 신화를 빼어놓을 수 없다. 삼천 배를 마쳐야만 방문객을 만나주겠다는 성철 스님의 주문은 참말로 대지혜인이 내놓은 대처방전이라고 하지 않을 수 없다. 삼천 배의 처방전을 받아 들고 그것을 실행할 것

다르마의 축복

인지의 여부는 자신에게 달려 있다. 그것은 약 처방전을 들고 약을 먹을 것인가의 여부를 결정하는 것이 스스로에게 달린 것과 마찬가지 일이다.

이런 절은 우리의 아상을 녹이는 행위이다. 아상을 녹이지 않고는 자신의 본심인 불성에 닿을 수 없다는 것을 불교는 거듭거듭 가르친다. 그러나 아상은 좀처럼 녹기 어려운 덩어리이다. 이런 아상을 녹이는 일차적인 행위이자 궁극적인 행위 가운데 하나가 절이다. 인간으로서 가장 겸손하고 비공격적인 행위인 절의 동작을 반복할 때, 육신이 마음을 조복시킬 수 있듯이, 우리의 마음을 가로막고 있는 아상은 조금씩 얇아지고 다소곳해지기 시작한다.

성철 스님이 삼천 배를 주문한 것은 우승택 거사의 적실한 표현대로 '맨땅 중생'인 사람들이 자신의 굳은 아상을 조금이라도 허물어야만 당신의 말씀이, 아니 붓다의 말씀이 들어오기 시작한다는 뜻이다. 아무리 좋은 법문을 하고 경전을 설하여도 아상이 가로막고 있으면 그 법문과 경전은 흩어지거나 왜곡되거나 되돌아오고 만다.

지금도 사찰에 가면 사람들이 큰절을 한다. 사람마다 절을 하는 마음은 다 다르겠지만 적어도 그 절이 부처님이나 성자들을 향한 기복의 절이 아니라 우리 안의 불성을 향하는 발원의 절이기를 기대해본다. 이렇게 절을 통하여 잠시라도 아상이 녹고 하심(下心)이 이루어진다면 그 순간만은 법문과 경전을 듣고 품을 준비가 된 것이라 할 수 있을 터이다.

다르마의 축복

언덕,
양지만큼 밝아지는 곳

산자락 아래 언덕이 있다. 산과 마을을 이어주는 언덕은 언제 보아도 편안하게, 생기와 밝음을 몸 전체에 품고 익숙한 모습으로 우리 곁에 와 있다.

언덕은 다급한 산기운과 조금 내려앉은 마을 기운을 중화시킨다. 산과 마을을 원만하게 한 몸으로 이어주는 지대에 언덕이 있는 것이다. 이런 언덕은 우리들이 기대기에 적절하다. 아무나 가서 기대도 괜찮을 것 같은 편안함과 너그러움이 거기에 있다. 또한 아무나 가서 앉아 있다 돌아와도 표가 나지 않을 것 같은 수더분함과 한결같음이 거기에 있다.

언덕엔 온갖 풀들이 자라고 꽃들이 핀다. 언덕은 그들로 인해 그 자체로 화단 같다. 누구도 심지 않았으나 언제나 자라고 있는 풀들, 누구도 키우지 않았으나 언제나 피어나고 있는 꽃들이 무위의 화단을 만든다. 이런 언덕엔 동네 아이들이 자주 찾아와 논다. 그들은 생기와 밝음을 품은 언덕에서 풀들과 꽃들을 친구 삼아 해가 질 때까지 놀곤 하는 것이다.

언덕에서 놀며 아이들은 생의 즐거움을 경험한다. 목적과 수단 없이 무상으로 노는 일의 기쁨을 맛보는 것이다. 그리고 유년의 기억을 한없이 밝은 쪽에 저장해놓는 것이다. 모르긴 해도 모든 어른들의 마음 속에 유년의 언덕은 미소와 더불어 잔잔한 흥분감을 불러일으킬 것이다.

마을의 동산 아래쪽에 위치한 나의 어린 시절 고향집에서도 뒷산 언덕은 유난히 가까웠다. 뒤란에만 가면 그냥 보이는 것이 언덕이었다. 나는 그 언덕에 돋아났던 풀들과 꽃들, 그리고 그곳을 오가던 수많은 새 떼의 날갯짓과 소리들을 잊을 수 없다. 조금 과장하면 그 언덕은 내 유년의 제일 가는 양지쪽이고 평화의 에덴동산이었다.

언덕은 봄을 가장 먼저 불러온다. 겨울과 달라진 햇살이 언덕에 내려앉고, 알 수 없는 푸른 새싹들이 작은 얼굴을 내밀고, 제법 푸근해진 바람결이 스치고, 나비들이 서툰 날갯짓을 하기 시작하면 언덕은 봄의 나라가 된다. 언덕은 이렇게 먼저 봄을 불러옴으로써 어른들까지 찾아오게 한다. 어른들은 언덕에 와서 봄소식을 듣고, 몇 가지 나물도 캐어간다.

언덕에 먼저 온 봄은 어느새 마을 아래로 내려온다. 봄은 그렇게 언덕으로부터 순식간에 마을 전체로 물감처럼 번져오는 것이다. 여기저기 대지가 녹고, 마을 전체의 기운이 가벼워지고 따스해지며, 사람들의 몸놀림도 조금씩 경쾌해지는 것이다.

이처럼 마을에 봄을 몰고 오는 것은 산자락 밑의 언덕이다. 그리고 그 봄을 고단한 현실 너머로 바라볼 수 있게 하는 것도 산자락 밑의 언덕이다. 언덕에 올라서서 마을을 바라다보면 마을은 하나의 풍경이 된다. 제아무리 힘든 현실이 그 속에 들어 있어도 언덕에서 바라다본 마을은 언덕의 높이만큼 현실의 무게를 털어내는 것이다. 간혹 마음에 그늘이 찾아올 때면 뒷동산 자락의 언덕에 올라가 볼 일이다. 저도 모르게 그 그늘의 무게가 가벼워지는 것을 느낄 수 있을 것이다.

정원,
마음을 가꾸는 도량

손바닥만 한 정원이라도 있다면 그 정원은 우리들의 삶 속에서 여유와 여백을 동시에 가꾸고 품어 안는 미학적인 세계이다. 그러므로 아무리 작아도 정원은 하나의 세계라고 불러야 마땅하다.

정원 앞에서, 아니 정원과 더불어 인간은 인간답게 된다. 말하자면 인간의 짐승성을 넘어서서 참다운 인간의 길을 열어가기 시작하게 된다. 참다운 인간의 길이 존재를 미학적 차원으로 들어 올리는 일이요, 진선미의 세계를 사모하며 그 세계에 닿고자 애쓰는 일이고, 인간 속에 하늘의 성품이 선하게 깃들

다르마의 축복

어 있음을 보여주는 일이라면, 정원을 마련하고 가꾸는 것은 이런 일에 참여하는 것이다.

여름날의 이른 아침, 아무도 눈을 뜨지 않은 시간에, 홀로 고요히 문을 열고 정원으로 나가면 정원은 잘 다듬어진 한 폭의 그림과도 같다. 너무나도 고요하고 정갈하며 다소곳한 세계가 기적처럼 거기에 있다. 이런 감격과 전율 속에서 정원을 한동안 바라다보고 나면, 세상엔 이런 숨은 세계도 우리가 모르게 존재한다는 사실에 마음이 먹먹해진다.

이른 아침의 정원 옆에 고요히 앉아 정원 속의 식구들을 하나씩 살펴본다. 모두가 소중하다. 작은 잡풀 하나 뽑는 것조차 미안할 만큼 그들만의 독자적인 하모니의 세계가 자족적으로 형성되어 거기에 있다. 이 세계 속에 온전히 몸과 마음을 맡기고 나면 불현듯 선정과도 같은 안정과 절대의 감각 속으로 빠져든다. 여기에 그냥 오랫동안 머무르다 사라져도 좋을 것 같은 평화와 하나 됨의 감각이 살아나는 것이다.

한참을 이렇게 있다 보면 동쪽 하늘에서 아침빛이 밝아오기 시작한다. 아침 햇살이 서서히 퍼지는 정원의 풍경은 인상주의 화가들이 그려낸 그림 속의 몽환적인 정경 같다. 존재가 이렇듯 깨어나며 찬란해지고 신비스러워지는 것을 경험하노라면 말을 이미 오래전에 잊은 사람처럼 사유가 멈춘다.

아침 햇살은 점점 더 밝아지며 정원의 아래쪽까지 깊숙이 밝힌다. 그리고 정원의 먼 곳까지 드넓게 비춘다. 비로소 정원은 아침 햇살로 온전히 밝아지고, 아침 햇살이 새로 창조한 정원은 낮의 사람들과 어울린다.

정원의 저녁 무렵 또한 아름답다. 한낮을 거쳐 오며 성숙해진 정원은 저녁 햇살의 잘 익은 빛을 끌어안으며 한결 심오하고 느긋하다. 조금도 서두르는 기색이 없는, 무르익어서 원만한, 드문 세계의 표정이 여기에 있다. 이런 정원의 저녁 무렵엔 소유하지 않아도 그대로 만족한 충만감이 넉넉하게 밀려온다.

정원은 마음을 가꾸는 사람들이 살고 있다는 신호이다. 정원을 가꾸는 사람이 많을수록 그것은 마음을 가꾸는 사람이 많다는 기호이다. 어느 집에든, 어느 마을에든, 어느 나라에든, 그곳을 방문하면 그곳의 정원 사정을 살펴볼 일이다. 다른 어떤 것보다도 정원은 그 집과, 그 마을과, 그 나라의 살림살이를 깊은 데까지 잘 알려주는 좋은 바로미터이다.

과수원,
아무 일이 없는 곳

과일이 달리는 나무들을 보면 다 사랑스럽다. 감나무에 감이 달리고, 대추나무에 대추가 달리고, 사과나무에 사과가 달리면, 마음은 대책 없이 푸근해지고 몸엔 기쁨처럼 피가 잘 돈다.

과일이 달리는 나무들을 일일이 다 열거할 수는 없을 것이다. 그러나 어떤 과일나무를 상상해도 입가엔 미소가 피어나고 가슴은 환해지며 머릿속은 맑아진다.

과일나무들이 모여 있는 곳이 과수원이다. 과수원집 주인은 한 번도 가난한 일이 없을 것 같은 환상을 준다. 과수원의 어느

다르마의 축복

한 곳에 지어놓은 작고 허술한 거처라도 그 집은 가난의 궁기가 느껴지지 않는다. 과수원의 꽃들과 그 열매들의 환희가 그 집에 있기 때문일 것이다. 이런 과수원을 가꾸는 일은 어느 농사 못지않게 힘든 것이지만, 과수원에서의 일은 힘든 농삿일 너머의 어떤 비현실적 즐거움을 떠올리게 하는 낭만성을 갖고 있는 것이 흥미롭다.

가을날, 사과 과수원 옆을 지나노라면 자신도 모르는 사이에 발길이 느려지거나 멈추어진다. 그리고 탄성이 외침처럼 쏟아져 나온다. 그것은 생각 이전의 느림과 멈춤이고, 생각 이전의 싱싱한 탄성이다. 어쩌면 저렇게 둥글고 붉은 열매가 이 세상에 출현했을까 하는 놀라움과 신비로움이 찾아오기 때문이다. 그뿐이 아니다. 이런 일이 감사하고 감격스럽기 때문이다. 이런 둥글고 붉은 열매들의 환한 출현은 에덴동산의 신성의 에피파니와 같다.

다시 가을날, 길을 걷다 보면 감나무 농장이 수도 없이 산비탈로, 들로, 밭으로 이어질 때가 있다. 아무것도 아닌 주변을 불현듯 신비로운 동산으로 만드는, 초라한 시골 마을을 불현듯 칠보의 화원으로 만드는, 평범하기 그지없는 언덕을 불현듯 고양된 땅으로 만드는 힘이 그곳에 있다.

또 다른 가을날, 시골길을 걷다 보면 배나무 농장이 산비탈을 흘러내리며 하나의 세계를 창조한 장관과 마주치게 된다. 종이봉지 속에서 익어가는 배나무는 아주 조금씩 그들의 살결을 보여줄 뿐이지만, 그 크나큰 배밭에 깃든 배들의 무게감과 충만감은 삶의 불안과 우수의 시간을 잊게 한다. 괜찮다고, 다 괜찮다고, 무엇이 문제가 되겠느냐고, 아무 일도 없다고 격려하는 지혜로운 어른의 조언이 그 속에서 들려오는 듯하다.

봄날, 과수원에 꽃이 피는 시절이면, 과수원은 열매조차 잊어버린 환상만의 세계이다. 세상에 온전히 꽃밭만 있을 것 같은, 밥을 먹지 않고도 살 것만 같은, 싸움 같은 것은 이 세상에 존재하지 않을 것 같은 환상을 만들어내는 것이다.

이런 봄날의 과수원은 단 하나의 의심도 끼어들지 않은 첫새벽의 희망 같다. 그저 모든 것이 온전하고 잘 될 것만 같은, 그런 첫날의 환영이 여기에 있는 것이다. 만약 누군가가 건강한

다르마의 축복

욕망과 희망이 어떤 것이냐고 묻는다면, 이런 봄날의 과수원과 같은 것이라고 비유의 힘을 빌려 말해봐도 크게 문제가 될 것은 없을 법하다.

달,
평화 너머의 신화

달은 언제나 우리들의 터전인 지구별의 주위를 돌고 있다. 무엇이 그로 하여금 조금 일그러진 우리들의 땅을 이토록 충성스럽게 돌도록 하였을까? 그러나 달은 지구별의 종속물이 아니라 지구별의 동행자이다. 달이 없는 지구별을 생각한다면, 그것은 너무나도 쓸쓸하고 고적한 일이다.

초승달도, 반달도, 보름달도, 그믐달도, 지구별에서 바라보는 모든 달은 다 아름답다. 캄캄한 그믐을 지나 초승달이라도 뜨면 삶은 다시 시작하는 새싹이 돋아나는 듯하고, 반달이 뜨면 삶은 어쩔 줄 모르는 시간 속에서도 제법 안정을 찾은 듯하고,

다르마의 축복

보름달이 뜨면 삶은 모든 것을 초월하여 아무 걱정이 없는 원만함의 경지가 된 듯하다. 그렇다면 그믐달은 어떨까. 그믐달도 현악기의 가는 줄처럼 가냘프기 그지없지만 그 속엔 외형과 다른 오지의 깊이가 있다. 순양(純陽)에서 시작하여 사계절을 경험하고 순음(純陰)의 극지를 찾아가는 자의 성숙함이 있다.

달이 뜨고 지는 것에 따라서 사람들은 달력을 만들었다. 달은 인간들의 시간표이자 나침반인 것이다. 사람들은 달을 바라보며 시간이 흘러가는 것을 가늠하였고, 달의 모양에 따라 가야 할 길을 알았던 것이다. 이런 달이기에 불가(佛家)에선 아예 달을 진리의 대표적 표상으로 설정하고, 달에 의지하여 불법의 진실을 설명하곤 하였다. 여러분들도 들어보았을 것이다. 진리의 다른 이름인 '월인(月印)'이라는 이름을, 그리고 그 '월인(月印)'의 경지를 찬탄한 '월인천강지곡(月印千江之曲)'이란 세종대왕 시절의 작품 이름을 말이다.

달 앞에선 누구도 화를 낼 수 없다. 달의 비공격성과 대음덕(大陰德)이라 부를 만한 숨은 덕성이 우리를 이토록 평화롭게 만드는 것이다. 생각해보니, 달은 평화의 이음동의어이다. 아니 평화 그 자체이다. 부연하면 제행이 무상한 것임을 아는 자만이 발할 수 있는 무심의 얼굴이다.

또한 달 앞에선 누구도 탐욕스러워질 수가 없다. 움켜쥐었던 두 손도 그대로 펴지고, 빨랐던 발걸음도 한없이 느려지고, 헐떡이던 마음도 심해의 고요처럼 가라앉는다. 달은 우리들에게 어떤 것도 자극시켜 속된 세계로 거칠게 하강하도록 놓아두지 않는다. 달 앞에서 우리들은 『반야심경』이 가리키는 우주적 진경으로서의 '무소득(無所得)'의 세계를 저도 모르게 맛보는 것이다.

달이 지구별에 찾아옴으로써 지구별은 짐승의 피를 거두고 얼마간이나마 품격을 유지할 수 있다. 그리고 신성한 기운을 쏘이며 그런 상상을 해볼 수 있다.

오늘도 달이 뜬다. 그러나 도회의 소란함 속에서 달은 부재하는 것처럼 잊혀지곤 한다. 그렇더라도 어느 날 늦은 퇴근 무렵, 하늘의 달을 비밀처럼 만났을 때, 잊었던 달의 꿈은 잊은 적이 없던 현실처럼 생생하게 살아난다. 그리고 그것은 마음의 오지로 파고든다.

다르마의 축복

사막,
잉여를 말린 삶

사막에서 나는 한없이 고요해진다. 하루 종일 사막을 끼고 여행을 하고 나면 저녁엔 정적만이 남는 시간이 찾아온다. 몸도, 주변도 정적만이 가득한 세계는 범속함이 접근할 수 없는 성소처럼 우리를 안정시키고 정화시킨다.

사막에선 욕망이 발기하지 않는다. 사막은 끝을 모르고 부풀었던 우리들의 마음을 왕소금처럼 하심의 자리로 내려앉히고, 욕망이란 것이 얼마나 허망한 것인가를 교과서 없이도 터득하게 한다. 사막은 헛된 생심(生心)을 통한 반작용을 불러일으키지 않기 때문이다.

또한 사막은 충분히 살아본 다음 단계를 경험하게 하는 장소이다. 사는 일 때문에 징징대며 몸부림을 치던 사람들에게 사막의 이런 목숨 이후의 단계는 삶의 일시성과 한계성을 직시하도록 한다. 아, 그토록 내놓기 어려웠던 목숨 이후의 단계가 이토록 아무렇지도 않은 무심의 세계이구나 하고, 초탈한 안심을 하도록 만드는 것이다.

사막에서 우리의 몸은 한없이 가벼워진다. 일체의 물기 있는 것들을 털어버리고, 질척대는 희로애락의 감정들을 털어버리고, 몸무게가 제로를 향하는 것이다. 사막의 그 가벼움은 단순한 물리적 무게감의 덜어냄이 아니다. 그것은 공성(空性)을 내재화한 자의 가벼움이다.

공성(空性)! 그것은 얼마나 온전한 가벼움인가. 어느 한구석으로 치우지지 않은 중도(中道)의 공성은 세상을 균형 있는 가벼움의 세계로 만든다. 사막에서 이런 공성의 흔적을 본 사람들은 세상 일이 어긋날 때마다 사막에 마음을 포개고 운다. 그런 속에서 어긋났던 일들은 아무것도 아닌 것이 되면서 치유되고, 어긋난 것 그 자체가 본래는 진리 그 자체임을 알며 생기를 얻는다.

　사막에서 1박 2일쯤 텐트를 치고 묵어보면 본래 이 땅은 무사한인(無事閑人)의 지대임을 알게 된다. 일체의 근심걱정이 사라지고, 공포조차도 끼어들 수 없는 '포기'와 '체념'이 찾아오는 것이다. 아니 세속적인 의미의 포기와 체념이라기보다, 아무것도 구할 것이 없음을 처음부터 앎으로써 아무것도 끌어내지 않게 만드는 깨침이 온다. 작용/반작용의 중생적 법칙을 아예 원천부터 무화시켜버리고 마는 시간이 오는 것이다.

　작용/반작용의 세속법을 넘어선 자리에선 그저 세상이 분별없는 한 덩어리일 뿐이다. 불생불멸, 불구부정, 부증불감의 진실만이 영원처럼 존재할 뿐인 것이다. 작용/반작용이 낳는 윤회고(輪廻苦)를 넘어설 때, 세상은 카르마의 충돌이 소멸된 청정심의 땅이 된다.

　청정심의 땅은 무주(無住)의 땅! 어느 곳에도 집착하며 머물지 않는 무주의 땅에서 존재는 윤회가 주는 고통은 물론 오염된 삶이 주는 비애를 넘어선다.

그러니 사막에서 묵어볼 일이다. 그리고 사막이 결핍의 땅이 아니라 초월의 땅임을 읽어내야 할 것이다. 참으로 삶의 무게감에 짓눌리는 시간이 오면 사막에 파묻혀서, 사막을 바라보며, 사막에 등을 대고 우리의 참모습을 살려내야 할 것이다.

마당,
아래쪽에 사는 기쁨

학교 마당이 방학 내내 아이들을 기다리며 혼자 놀고 있다. 어떤 경계에도 헐떡이지 않고 살아가는 자족인의 표상이다. 이런 학교 마당은 세속에 존재하는 가장 큰 여백이다. 도구성과 효용성을 전면에 내세우지 않는 무용지용(無用之用)의 고차원이다. 만약 이런 마당 앞에서 계산성을 운운한다면 그것은 기존의 계산기로 셈하기엔 불가능한 논의이다. 손해를 보는 것이 목표인 마당의 계산법을 기존의 계산기는 다룰 수 없기 때문이다.

기나긴 방학 동안 혼자서 놀고 있는 학교 마당에 함박눈이 내린다. 학교 마당은 함박눈에게 자신을 내어주고 설국의 마당이 된다. 다시 학교 마당에 바람이 분다. 학교 마당은 바람에게 자신을 내어주고 바람의 마당이 된다. 또다시 학교 마당에 새 떼가 몰려온다. 학교 마당은 그들에게 자리를 내어주고 새들의 마당이 된다.

여름 방학의 학교 마당에 소나기가 내린다. 학교 마당은 소나기에게 자신을 내어주고 물의 마당이 된다. 다시 여름날의 마당엔 하염없는 햇살이 내려쬔다. 마당은 햇살에게 자리를 내어주고 기꺼이 햇살의 마당이 된다.

어느 것도 허락하는 가장 낮은 곳에 마당이 있다. 어느 것도 문제가 되지 않는 허허로운 곳으로 마당이 있다. 이런 마당에서 어린 학생들은 그들의 활력을 발산하고 꿈을 키운다. 학교 마당이 세속의 가장 큰 여백이라면 절 마당은 세속 너머의 또 다른 큰 여백이다. 사찰을 눈부시게 장엄하는 것은 분명 중후한 전각들이다. 그러나 사찰을 은은하게 장엄하는 것은 절 마당이다. 사찰의 전각들이 외양을 장식하는 양덕(陽德)의 역할을 한다면, 사찰의 마당들은 이면을 장식하는 음덕(陰德)의 기능을 한다.

사찰에 가면 사람들은 이 두 가지 덕성이 빚어내는 화음 속에서 산란했던 마음을 하나로 모으게 된다. 저도 모르게 차분해지는 마음, 저도 모르게 고요해지는 마음, 저도 모르게 너그러워지는 마음, 저도 모르게 신성해지는 마음은 모두 이런 덕성의 작용이다.

사찰 마당에서 사람들이 합장을 하고 있다. 조금 전까지만 해도 산에서 내려오며 소란했던 그들이 이 공간에 들어서며 두 손을 모아 일심의 순간에 들어가는 것이다. 사찰의 마당이 만들어내는 이 기적은 언제나 나타나는 것이어서 일상의 기적이요, 평상의 기적이라고 부를 만하다.

사찰 마당엔 사람들이 너무 심하게 탈속해지는 위태로움(?)을 조금이나마 방해라도 하려는 듯이 몇 그루의 나무들이 서 있기도 하다. 그러나 지극히 절제된 사찰 조경 속에서 나무는 세속의 무성한 나무들과 구별된다. 모든 장식을 털어낸 본질만의 나무가 사찰 마당에 조신히 서 있다. 마당을 침범할 의사가 전혀 없는 사람처럼, 그렇게 삼가는 자세로 조용히 서 있다. 이런 사찰 마당의 조경 전문가를 만나보고 싶다. 그는 진정 마당의 본성품을 제대로 깨치고 있는 분일 것이다.

울타리,
낮을수록 넓어지는 곳

　바다엔 울타리가 없다. 사막에도 울타리가 없다. 말할 것도 없이 허공에도 울타리가 없다. 그리고 하늘에도 울타리가 없다. 오직 울타리가 있는 곳은 사람들의 마을이다.

　울타리는 세상을 분절한다. 아상(我相)의 연장인 울타리 앞에서 우리들은 조금씩 절망한다. 타인은 넘어갈 수 없다고, 넘어와서는 안 된다고 전하는 울타리의 숨은 목소리를 듣고 있기 때문이다.

　울타리 없이 살 수 있는 마을이 보고 싶다. 울타리 같은 것은 아예 생각조차 나지 않는 마을에 가보고 싶다. 잡아당기는 소유의 욕망 없이 일체가 그대로 하나가 된 마을에 살아보고 싶다. 밀어내는 배제의 욕망 없이 일체가 처음처럼 하나인 그런 마을에 살아보고 싶다. 만약 울타리가 있더라도 새가 아무렇지도 않게 울타리를 넘나들듯이, 그리고 바람이 울타리를 무심하게 바라보듯이, 그렇게 울타리의 장애가 무력화되는 마을에 살아보고 싶다.

울타리의 높이는 분절의 높이와 비례한다. 울타리가 높을수록 아상이 높고, 인력과 척력의 강도 속에서 긴장감이 강화된다. 간혹 울타리가 높은 마을에 들어서면 갑갑하고 답답한 마음에 삶이 고립되며 위축된다. 너와 내가 결코 연결될 수 없을 것 같아 낙심이 된다.

만약 울타리가 꼭 필요하다면 그건 낮을수록 좋다. 나에게 그 최대한의 높이를 말하라고 하면 울타리는 우리들의 허리께를 넘어서면 곤란하다고 전하고 싶다. 허리는 우리 몸의 중간지대. 두 손으로 뒷짐을 지기에 적절한 높이, 생의 원천인 단전이 막 시작되는 곳이다.

다르마의 축복

울타리 가운데선 나무 울타리나 돌 울타리(돌담)가 편안하고 평화롭다. 나무가 주는 생기와 돌담이 주는 고요는 인공성을 느끼게 하지 않는다. 쥐똥나무, 사철나무, 탱자나무, 주목 등과 같은 나무들이 모여서 나지막하게 만들어내는 울타리는 함께 살아도 좋을 오랜 이웃 같다. 돌담도 마찬가지이다. 돌담은 소박하고 침착하며 낭만적이기도 하다.

특별히 집터를 고르다 그 터에서 나온 자연의 돌들로 만든 돌담은 한 식구처럼 이질감이 없다. 제 몸으로 만든 작품이 이런 것일까, 하는 생각이 든다. 이런 돌담을 가리켜 건축학자 임석재는 노자적이라고 말했다. '노자적인' 돌담, 그것은 울타리가 자연이 되기를 기대하는 무위의 건축물이다. 짓되 짓지 않은, 쌓되 쌓지 않은 건축으로서의 울타리, 그것이 노자적인 돌담이다.

오래된 마을에 이런 돌담을 간직하고 있는 집이 곳곳에 있다. 그 집들은 크게 감추는 것 없이 자신들을 열어놓고, 이런 노자적 울타리들은 서로 만나며 이어지는 동안 하나의 고유한 세계를 형성한다.

참으로 격한 단절과 배제, 소유와 닫힘의 힘이 작용하는 현대 사회에서 나지막한 나무 울타리를 두르거나, 노자적 돌담을 끼고 걷는 일은 행복한 공간과 정신을 체험하는 일이다. 언제쯤 이런 체험이 가능한 고급 문화이자 예술로서의 울타리가 우리들의 삶에 일상처럼 깃들 수 있을까.

다르마의 축복

산,
여여(如如)한 부동의 길

산은 언제나 그곳에 있을 것만 같다. 바라다보면 그냥 든든하고 편안하다. 등 뒤의 산은 후덕한 후원자 같고, 눈앞의 산은 아늑한 병풍 같다. 대한민국의 산은 대체로 이런 기능을 적절히 한다.

금강산을 한쪽에서 얼핏 본 적이 있다. 바위산의 진면목이 거기에 있었다. 모든 비본질을 다 거두어내기로 작정한 듯한 골산(骨山), 금강(金剛)의 정신만을 추구하고자 한 듯한 종교적인 산, 바위들도 모이면 원만해질 수 있는 듯한 양덕의 산, 봉우리와 봉우리 사이에도 예의가 있다는 듯한 지례(至禮)의 산, 무엇이든 어울리면 하나로 조화로울 수 있다는 화엄의 산이 거기에 있었던 것이다. 금강산을 얼핏 보고 돌아온 날, 금강산이 준 충격에 잠 속의 꿈조차 맑은 기운이었다.

금강산의 금강송은 또다른 진경이었다. 금강산에 사니 금강송이겠지만, 금강이라는 이름을 따로 붙여도 마땅할 만큼 끼끗하고 상서로운 영혼이 그 속에 있었다. 금강송은 오래 수련하고 수행한 자의 금강석 같은 정신을 그 속에 간직하고 있었으며, '금강경'이라고 불러도 좋을 만큼 최고의 설법을 하는 아름다운 경전이었다.

금강송 사이를 걸어가는 동안, 나는 그대로 금강송이 된 듯하였다. 좋은 환경 속에 존재한다는 것이 이런 것임을 절감하였다. 마치 경전 사이를 걸어가듯 나는 감탄하고 찬탄하며 경건해졌다. 아름다운 것은 이렇게 우리를 기쁨 너머의 경건함에 이르게까지 하는가 보다.

내가 사는 동네에도 아담한 산들이 다정하게 이어지고 있다. 그러나 백두에서 뻗어나온 산맥의 한 부분인 이곳의 산들은 당당하면서도 겸손하다. 나는 이 산들을 바라보며 들뜨려는 마음을 가라앉히곤 한다. 그리고 산과 더불어 진정 건강한 생의 의욕을 키워간다.

아침이면 산에서 해가 뜬다. 평야에 사는 사람들은 해가 지평선에서 뜬다고 하고, 바닷가에 사는 사람들은 해가 수평선에서 뜬다고 하며, 도시에서 사는 사람들은 해가 빌딩 속에서 뜬다고 한다는 우스갯소리를 들은 적이 있다. 이처럼 해는 어디에서도 떠오를 수 있지만 산이 많은 이 나라의 사람들은 산에서 떠오르는 아침 해를 가장 많이 볼 것이다.

이런 산에, 저녁이면 달이 떠오른다. 산 너머에 달이 있었던 것처럼, 산이 달을 낳는 것처럼, 산은 달을 품고 있다가 세상으로 달을 내놓는다. 신비로운 일이다.

나는 산이 없는 지역에서 일 년쯤 살아본 적이 있다. 미국 동부의 대서양 한쪽 연안 지역이었는데 그곳에서 나는 등받이가 없는 것처럼 언제나 허전하였다. 참으로 드넓은 땅이지만 몸 둘 바를 모를 것 같은 묘한 뒤뚱거림과 허전함이 느껴졌다.

산은 아무 말도 하지 않는다. 그러나 산이 있음으로써 우리는 의지처가 있는 듯 든든하고, 잠시 허둥대도 괜찮을 것 같은 안심이 찾아온다. 이 글을 쓰며 시야에 들어오는 산을 물끄러미 바라본다. 봄 산인지라 조금 흥분된 듯 보이나, 산의 본질적인 무게감에 나는 곧바로 중심을 잡고 편안해진다.

다르마의 축복

새들,
단순한 자유의 기쁨

새 두 마리가 하늘 높은 곳에서 어깨를 나란히 하고 어딘가를 향하여 일념으로 날아가고 있다. 참으로 먼 길을 가고자 뜻을 세운 자처럼 그들의 날갯짓은 차분하고 규칙적이다. 피로나 작위가 담기지 않은 그들의 안정된 날갯짓을 보면, 너무 높은 곳에서 아주 먼 곳을 가는 자에 대해 가질 만한 생의 본능적 불안감조차 내려놓게 된다. 잘 갈 것이라고, 아무 일 없을 것이라고, 나보다 한층 높은 경지를 터득했을 것이라고 생각하며 일체의 근심을 잊는 것이다.

그러나 나는 이들의 모습으로부터 눈길을 쉬이 거두지 못한다. 그들을 과도하게 아끼는 마음으로 바라보다가 그만 어느 지점에서 나는 없고 그들만 있는 풍경의 유혹 속으로 빠져들고 마는 사태가 벌어진다. 새들만 남고 나는 없는 자리, 풍경만 있고 주체가 없는 자리, 그런 자리에서 무아의 전율감을 체험하는 것이다. 이것을 가리켜 비주체의 즐거움이라고 할까, 몰주체의 환희심이라고 할까, 아니면 탈주체의 해방감이라고 할까?

새들이 이윽고 산 너머 저쪽으로 사라진 후에도, 그들이 소실점 밖으로 무화된 듯 실체를 온전히 감추고 난 후에도 나는 이전에 느꼈던 그 짧지만 강렬한 전율의 평화감을 잊기가 쉽지 않다. 지상의 구겨진 시간과 공간을 떠나버린 것 같은 그들의 날갯짓이 자유와 초월의 기운 속으로 나를 안내한 힘은 결코 작지 않은 것이다.

그 새들은 지금쯤 어디로 가 있을까? 그토록 높고 먼 곳을 경험한 그들의 영혼은 어떠했을까? 그들을 생각하며, 단견으로 가득 찬 인간의 눈길 너머의 보이지 않는 세계를 오랫동안 아련히 상상하며, 굳어져 있던 몸과 마음을 부드럽게 펴본다.

다르마의 축복

이와 관련하여, 동해 바닷가의 낙산사 절벽끝에 앉아, 바다갈매기 두 마리가 바다 위의 드높은 하늘을 날아 수평선 너머로 사라졌는데 아직도 돌아오지 않고 있다며 시간도 잊은 채 그들을 기다리는 한 초로의 노인을 노래한, 설악산 백담사 주인장인 조오현 스님의 「절간 이야기」 연작 중의 한 작품이 떠오른다.

그 작품은 「절간 이야기」 32편 가운데 두 번째 작품인데 부제가 '갈매기와 바다'이다. 조오현 스님은 여기서 그 노인과 나눈 대화의 일부를 다음과 같이 전해주고 있다.

"노인장은 어디서 왔습니까?"
"아침나절에 갈매기 두 마리가 저 수평선 너머로 가물가물 날아가는 것을 분명히 보았는데 여태 돌아오지 않는군요."
"아직도 갈매기 두 마리가 돌아오지 않았습니까?"
"어제는 바다가 울었는데, 오늘은 바다가 울지 않는군요."

마치 선문답을 연상시키는 듯한 대화내용이자 대화방식이다. 일상적 내용과 화법을 뛰어넘는 이 대화에서 우리는 떠남과 돌아옴, 어제와 오늘 등과 같은 세계는 인간적 인식이 빚어낸 관념과 이미지에 불과한 것임을 눈치 챈다. 실제로 이 세상엔 떠남이니 돌아옴이니, 어제니 오늘이니 하는 것들은 없는 것이기 때문이다.

새들은 그저 떠난다. 단순하게, 생각 없이, 길을 간다. 멀고 가까운 곳을 따지지 않고, 이 마을과 저 마을을 구분하지 않고 모든 곳이 제집인 듯 그저 날갯짓을 하며 길을 간다. 새들이 하늘 높이 날아서 소실점 밖으로 사라지는 것을 보고 우리들이 아득한 그리움과 더불어 알 수 없는 평화감에 젖어드는 것은 이들의 그 단순하나 여실한 삶의 모습 때문이리라.

다르마의 축복

바위,
오래된 은자의 기쁨

산의 높이와 계곡의 깊이는 비례한다. 산이 높으면 계곡도 깊은 것이다. 이처럼 쉽고도 자명한 이치가 어디 있을까. 이런 이치 속에서 높은 산이 주는 양기(陽氣)와 깊은 계곡이 품은 음기(陰氣)는 서로를 살려내며 사랑한다.

높은 산은 금방 눈에 뜨인다. 그러나 깊은 계곡은 찾아가지 않으면 볼 수 없는 비밀지대이다. 보이는 세계 속에 그에 못지않은 보이지 않는 세계가 내재해 있는 까닭이다. 그러나 누군가가 그 보이지 않는 깊은 계곡을 애써 찾아갔다면, 언제나 그 찾아간 보람은 기대 이상으로 충족된다. 그만큼 보이지 않는 세계로서의 깊은 계곡이 지닌 음덕(陰德)의 기운은 두텁고 심오한 것이다.

계곡을 찾아갔을 때, 사람들의 마음을 가장 크게 움직이게 하는 실물은 물과 바위일 것이다. 물의 투명함과 물살의 청아한 소리는 천상의 것만 같고, 바위의 끼끗함과 고요함은 시원(始原)의 것만 같다. 누군가 천상의, 시원의 우주적 표정을 조금이라도 만나고 싶다면 이런 계곡을 찾아가 보는 것이 좋을 것이다.

물과 바위, 물살과 바위의 군락은 동정(動靜)의 관계 속에서 조화로움의 진면목을 알려준다. 어울린다는 것이 이런 것임을 이들은 소리 없이 깨우쳐준다. 바위를 아끼면서 흘러가는 물살과, 물살의 흐름을 허락하고 후원하는 바위들은 서로를 향한 믿음과 허용 속에서 놀라운 풍경을 아름답게 창조한다.

이 두 존재는 한 가지만을 편애할 수 없을 만큼 평등하고 공의롭게 어울려 있다. 그럼에도 불구하고 이 자리에서는 바위를 조금 더 편애하는 글을 써 나아가기로 하고, 독자들의 양해를

다르마의 축복

구한다. 바위는 계곡의 뼈대이다. 물은 흘러가지만 바위는 멈춘다. 모든 것이 다 흘러가도 바위는 멈춘 자로 남아 있다. 어떤 경계에도 흔들리지 않는 부동심이 그의 존재 의미이다. 게다가 바위는 자발적인 은거인의 담담함과 어떤 것도 구하지 않는 자의 허허로움, 그리고 아무 일도 없을 것만 같은 이의 무사함과 시간을 잊게 하는 자의 영원성을 지니고 있다. 더욱이 계곡의 바위는 오래 수행한 자에게서만 보이는 드높은 품격을 느끼게 한다.

이런 바위를 보면 비루한 세상 속을 헤매며 혼란스럽게 살아가던 영혼이 갑자기 맑고 밝게 깨어나는 것 같다. 옛사람은 사라지고 새사람이 된 듯, 존재의 즉각적인 거듭남이 경험되는 것이다. 그리고 진정 탁한 때를 씻는다는 것이 이런 것임을 절감하게 된다.

마음이 탁해질 때는 심산(深山)의 계곡을 찾아가 보자. 바위들을 바라보는 것만으로도 세례와 같은 종교적 의식을 치른 것 같을 것이다. 그중에 넓은 너럭바위라도 있으면 한동안 무심하게 앉아 가부좌를 편하게 틀고 종교적 선정이 주는 안정을 경험해보라. 그것도 번거롭다면 그저 넓은 너럭바위에 마음을 조금 대어보고 잦아들던 존재를 치유해보라.

　계곡의 잘 씻긴 바위를 보는 것, 그 바위와 눈을 맞춰보는 것, 그 바위를 마음속에 안아보는 것은 인간으로 태어난 보람을 드물게 느끼도록 하는 산중의 시간일 것이다.

제2부

새싹,
살 만한 땅을 만드는 기적

새싹이 솟아난다는 것은 땅 위가 살 만한 곳이 되었다는 뜻이다. 그것은 또한 우리 인간들이 사는 곳이 살 만한 땅이 되었다는 소식이기도 하다. 이제 긴 겨울 동안 닫혔던 문을 열고 밖으로 나가도 무사하고, 무슨 일인가를 다시 의욕적으로 시작해도 괜찮다는 기별이 온 것이다.

대추나무 아래 돋아난 새싹이 푸르다. 언덕의 곳곳에 돋아난 새싹이 환하다. 매화나무 아래의 새싹이 하늘대고, 복사나무 아래 솟아난 새싹이 동그랗다.

골담초 옆에 난 새싹은 동화처럼 뽀얗고, 개나리 옆에 난 새싹은 처음처럼 어색하다. 잔디밭에 난 새싹은 별일 아닌 듯 무던하고, 명자나무 옆의 새싹은 세수한 듯 청순하다.

뿐만 아니다. 산수유나무 옆의 새싹은 어린아이들처럼 소란스럽고, 전나무 옆의 새싹은 일찍이 철이 든 듯 다소곳하며, 대문 옆의 새싹은 소리 없이 은은하고, 울타리 아래 새싹은 아침 햇빛처럼 빛난다.

그야말로 대지 위가 온통 새싹들로 가득하다. 그런 가운데 나무들은 제 몸에 새싹을 틔운다. 버드나무는 윤기 넘치는 새싹을 수다스럽게 밀어올리고, 단풍나무는 붉은색의 새싹을 진하게 피워내고, 쥐똥나무는 귀여운 새싹들로 유치함의 기쁨을 드러내고, 묵묵히 서 있던 소나무는 예리한 연둣빛 새싹을 밀어올려 가시 많은 몸을 치장한다.

이런 새싹들의 움틈은 성질 급한 나무들에서 시작하여 마침내 가장 느긋한 감나무와 대추나무 그리고 밤나무 같은 나무들의 움틈으로 마무리된다. 얼핏 보면 건조한 죽음을 고독하게

다르마의 축복

맞이한 것 같아 걱정까지 하게 만드는 감나무는 뒤늦게 윤기 나는 연둣빛 새싹들을 밀어올려 안심하게 하고, 감나무 못지않게 봄의 대열에 너무나도 늦게서야 합류하여 우리를 애태우게 만드는 대추나무도 늦었지만 작은 연둣빛 이파리들을 밀어내어 안심하게 한다. 그런가 하면 밤나무 또한 아주 늦은 봄날에서야 세상을 달관한 듯 아무렇지도 않게 새싹들을 밀어내어 그간의 걱정이 기우였음을 알게 한다. 모두들 내공이 만만치 않다. 그야말로 뒷심이 대단하다.

이처럼 모든 초목들이 새싹을 밀어올린 봄날의 세상은 그야 말로 완벽하게 살 만한 땅이 된다. 새싹들이 함께 만들어낸 맹아(萌芽)의 힘은 현재에 대한 긍정과 미래에 대한 의지를 한껏 뽐낸다. 오직 긍정의 오늘 속에서 앞날만이 남은 것 같은 느낌 속에 빠져들게 하는 것이다.

초목의 새싹들이 돋아나면 새들도 무척이나 바빠진다. 그들은 경쾌한 지저귐 속에서 초목 사이를 돌아다니며 새싹들을 흔들어 깨우고, 때로는 여린 새싹들을 쪼아 먹으며 즐거워한다. 새들과 새싹들의 동거가 시작된 것이다.

그러나 새싹이 가야 할 길은 참으로 멀다. 마치 주역의 지뢰복(地雷復) 괘에서 최초로 아랫자리에서 솟아난 양의 싹이 두터운 음의 두께를 겹겹이 뚫고 가야 하는 길과 같다. 그러나 이 길은 힘들지만 의미 있는 길이다. 길의 완주가 끝났을 때, 새싹은 정말로 다른 존재가 되어 있을 것이기 때문이다.

훈풍,
피안이 주는 위로

봄이 한층 성숙해진 5월이 되면 세상으로 불어오는 우주법계의 바람은 훈풍(薰風)이다. 따스하고 향기로운 바람이 아득한 어딘가로부터 너그럽게 불어오는 것이다. 이런 바람이 몸을 스치고, 마음을 스쳐 가면 세상엔 걱정할 일 하나 없고, 긴장할 일 하나 없는 것 같은 환상이 몰려온다. 따스하고 향기로운 바람의 내방이 우리를 편안한 이완과 해방의 세계로 안내하는 것이다.

우리가 살고 있는 고단한 욕계의 현실에서, 5월의 훈풍은 대우주가 베푸는 선물 같다. 또 달리 표현하면 선량한 신이 살아 있어서 그분이 전해주는 참 위로 같다. 그러면서 당신들이 살아가는 욕계의 중생적 삶이란 언제나 고단하고 고달픈 것이지만, 그래도 이런 바람이 있으니 너무 크게는 낙심하지 말라고 다독여주는 손길 같다.

모든 것을 잊고 훈풍 속에서 냇가의 둑길을 걷는 일은 비길 데 없이 행복한 경험이다. 바람과 하나가 되어, 냇가의 물소리를 들으며, 곳곳에 솟아 있는 키 큰 미루나무의 싱싱한 상승감을 느끼며 행복감에 젖어드는 시간이 여기에 있다. 그리고 시냇물의 흐름처럼 순정해지고 조촐해지는 기쁨도 여기에 있다.

훈풍 속에서는 물소리도 한결 너그럽고, 미루나무 흔들리는 소리도 한결 부드러우며, 둑길을 걷는 발자국 소리도 한결 평화롭다. 5월의 훈풍은 이런 기적을 만들어낸다. 바람 한 자락이 이렇듯 세상을 달라지게 하는 것이다.

그러나 훈풍 중의 훈풍은 사람이 만들어 내는 훈풍일지도 모른다. 가장 유사한 파장을 지닌 존재들끼리 가장 큰 힘을 주고받는 것이 우주사의 이치라면 인간들이 같은 인간들에게서 훈풍을 느낄 때 그 훈풍의 영향과 감흥은 가장 클 것이다.

좀처럼 타협이라곤 하지 않는 고집 센 강원도의 시인 박용하가 전 세계인의 어머니로 불리는 마더 테레사 수녀의 부음을 듣고 그분의 삶과 죽음이 보여준 '훈풍'에 감동하여 쓴 시작품 「남태평양」은 여기서 한 번쯤 기억할 만하다.

박용하 시인에 의하면 훈풍이란 마더 테레사 수녀처럼 '인종을 넘어간, 종교를 넘어간, 국가를 넘어간, 나를 넘어간' 사람에게만 흐르는 바람이다. 넘어감의 정도가 높아지고 깊어질수록, 그리고 넓어지고 두터워질수록 훈풍은 따스해지고 향기로워진다. 우리는 무엇인가를 넘어서야 겨우 한 자락의 훈풍이라도 불게 할 수 있다. 그러나 넘어선다는 것은 얼마나 어려운 숙업인가. 특히나 '나'를 넘어선다는 것은 얼마나 캄캄한 난제인가. 박용하 시인은 이런 숙업과 난제를 해결한 마더 테레사 수녀 앞에서 최고의 외경심을 표현한다. 그분으로 인하여 참으로 "마음에 무릎을 꿇고/아주 오랜만에/사람을 존경하는" "있을 수 없는 저녁"을 맞이하게 되었다고 말이다.

실로 훈풍이란 인간들의 탐진치(貪瞋癡)가 만든 일체(一切)의 칸막이를 일체(一體)의 힘으로 넘어설 때 나타나는 신성의 바람이자 사랑의 바람이다. 사람들로 하여금 저절로 마음의 무릎을 꿇고 참 존재가 되도록 만드는 '부사의(不思議) 법문'이다. 사람들이 5월의 훈풍을 기다리는 것은 이런 드문 경험을 그리워하기 때문일 것이다.

마더 테레사 수녀가 지난 해 가톨릭 시성식에서 성인품에 올랐다는 뉴스를 들었다. 아니 뉴스를 듣기 전에 순교자들의 땅인 차령산맥 아래의 한 성지를 지나다가 이 소식을 접했다. 훈풍이 어디서 어떻게 오는지를 보여주는 소식이었다.

자작나무,
문득 환해지는 길

산길을 가다 보면 갑자기 환한 기운이 환상처럼 몰려온다. 예기치 않은 이 밝은 기운 앞에서 몸도 마음도 일순 당황한다. 그러나 그 당황스러움은 기분 좋은 당황스러움이다. 뭔가 신나는 세계가 펼쳐질 것 같은 직감이 깃드는 놀라움이기 때문이다.

백화(白樺)라고도 불리는 자작나무, 그 자작나무들이 모여서 이뤄내는 맑은 흰빛은 천상의 빛을 닮았다. 만약 불가(佛家)에서 그토록 소중하게 여기는 청정함에 대해 설명하라면 말없이 자작나무 숲의 맑은 흰빛을 보여주어도 될 것이다.

산도, 숲도 그 자체로 진실하고 선하고 아름답지만 자작나무 숲의 남다른 진실함과 선함과 아름다움은 특별히 다른 한 페이지를 마련해서 묘사해야 할 만큼 대단하다. 푸른 호수의 백조처럼, 산속에서 홀로 몸이 하얀 나무가 자작나무이다. 호수의 백조를 보면서 놀라는 그 마음이 산속의 자작나무를 보면서도 동일하게 일어난다. 신은 왜 이토록 하얀 존재에게 호수와 산속에 살도록 거처를 마련해주었을까? 아니 그들은 왜 홀로 푸른 산수(山水) 속에서 흰색의 몸이 되어 살아갈까?

흰색은 색이라기보다 빛이다. 세상의 모든 빛이 모이면 흰색이 되는 까닭이다. 이것은 검은색과 대조된다. 세상의 모든 색들을 합치면 검은색이 된다. 검은색은 세상을 종합한 지상의 중심 색상이다.

천상의 색인 흰색과 지상의 색인 검은색, 나는 이 두 가지 색을 보며 화이트홀과 블랙홀을 떠올린다. 화이트홀과 블랙홀은 존재의 탄생과 죽음을 각각 담당한다. 순양과 순음이라는 극지에서 벌어지는 드라마의 신비와 경이를 알려주는 것이다.

아이가 태어날 때 우리는 그에게 자작나무 숲처럼 맑고 흰 옷을 입힌다. 순양인 그에게 적절한 천상의 색으로 지은 옷을 선사하는 것이다. 그리고 그가 백일을 맞이하거나 돌을 맞이하면 백설기를 해준다. 지상에서 인간들이 순정한 아이의 성장을 축하할 수 있는 최고의 초월적 음식이다. 또한 두 남녀가 결혼을 할 때 신부는 흰 드레스를 입는다. 역시 결혼이란 지상의 칙칙한 일을 넘어서야 하지 않겠느냐는 초월 의지의 징표이다. 더욱이 사람이 세상을 떠나도 흰 옷을 입는다. 이 또한 지상의 인력을 넘어서서 보다 고차원의 세계를 향하려는 인간들의 천상적 초월의 기표이다.

어느 마을에, 잘 살아낸 노인이 자작나무 숲처럼 맑고 흰 옷을 입고 있으면 노현자의 아우라가 감돈다. 범접할 수 없는 신성함, 일체를 통과한 자의 가벼움, 절제를 몸에 익힌 단정함, 어떠한 것에도 연연해하지 않는 단호함이 그로부터 번진다.

그러나 자작나무 숲 같은 흰색은 아무에게서나 탄생하지 않는다. 그리고 아무에게나 어울리지 않는다. 이런 흰색과 하나가 되려면 순음에서 시작하여 마침내 순양의 시간에 도달하는 기나긴 시간의 바른 정진이 있어야 한다. 더 높은 세계를 향한 물러서지 않는 수련과 수행, 지혜와 통찰, 도심과 정심의 시간이 있어야 한다.

다르마의 축복

교정(校庭),
여백이 만든 비경

정원 가운데 으뜸은 학교 정원이다. 이른바 교정이라고 불리는 이 학교 정원은 넓고, 한가롭고, 싱싱하다. 어린이와 청소년들을 '가르쳐 기르기(敎育)' 위한 이 교정은 좀처럼 불러내기 어려운 인류의 공심이 어느 곳보다 순정하게 녹아 있는 곳이다.

대체로 학교가 있는 터는 그 일대나 마을 가운데서 가장 기운이 좋은 '명당(明堂)'이다. 인류가 후손들을 참다운 인간으로 만들고자 하는 의식적, 무의식적 소망이 만들고 찾아낸 터인 까닭이다. 이런 학교 터에 가면 이미 그 주변에서부터 양명한 기운이 생명력과 더불어 밝고 환하게 감돈다. 뭔가 희망적이고 긍정적이며 의욕적인 기운이 그 주변을 감싸고 있음을 느낄 수 있는 것이다.

그러니 마음이 울적해지면 이런 학교 터를 찾아가보는 것도 권장할 만한 일이다. 또한 누군가와 만나기 위하여 이정표를 정할 때에 이런 학교 터를 지표로 삼아보는 것도 좋은 일이다. 혹시라도 낯선 곳에 와서 거주지를 구하는 데 어려움이 있다면 이런 학교 터 부근에 일단 거처를 구해보는 것도 좋은 일이다.

교정 가운데서도 초등학교 교정은 특별히 양기가 넘친다. 등교 시간부터 하교 시간까지 어린 생명들이 움트고 자라는 생장의 소리로 일렁인다. 동네의 모든 생기가 압축돼 모여 있는 듯한 이곳에서 인류의 삶은 확장돼 나아간다.

초등학교 교정과 다르게 가장 품위 있고 격조 있는 교정은 아무래도 대학의 교정이다. 진심을 품은 대학의 교정이라면 그 넓이나 크기, 조경의 수준과 미학에 있어서 다른 곳과의 비교를 허락하지 않을 만큼 훌륭하다. 작게는 수만 평에서 크게는 수십, 수백만 평에 이르는 넓이의 대학 교정은 그 자체로 하나

다르마의 축복

의 완결성을 지닌 세계이다.

대학 교정에는 자유와 지성이 살아 있다. 자유와 지성을 키우기 위하여 교정이 있고, 자유와 지성의 힘에 의하여 교정이 장엄된다. 이런 대학 교정을 보노라면 자유와 지성은 환경의 산물이면서 동시에 환경을 창조하는 질적 원천임을 실감하게 된다. 대학의 건물 하나하나부터 나무와 꽃들 하나하나에 이르기까지 이 자유와 지성을 중심으로 수렴되고 확산된다고 한다면 조금 과장 섞인 말이 될까. 현실이 그렇다 하더라도 이런 소망만은 역설하고 싶다.

나에게 대학 교정을 살려내는 최고의 요인을 말해보라면 당연히 '여백'을 들고 싶다. 노자적 무위자연의 기운을 뿜어내고 있는 것이 여백이고 불가의 공성(空性)과 하심(下心)을 구현하고 있는 것이 여백이다. 또한 기독교의 가난한 마음을 드러내고 있는 것이 여백이며, 유가의 절제 정신을 실현하고 있는 것이 여백이다.

여백은 소유하거나 집착하지 않는 마음의 표상이다. 꾸밈이 없이 마음을 내고, 머무름이 없이 마음을 내며, 전체를 생각하며 마음을 내고, 자신을 낮추며 마음을 내는 세계이다. 이런 여백이야말로 대학 교정의 백미이다. 여백 속에서 우리는 자유로워지고, 그 속에서 우리는 창조적 지성과 지혜의 자녀가 될 수 있다. 마치 빈 공책(空冊)처럼 존재하는 그 여백으로 인해 우리는 자유로워지고 지혜로워질 수 있는 것이다.

다르마의 축복

산맥,
일념과 정진의 대장정

개울이 모여 강을 이루고, 들이 모여 들녘을 이루듯, 산이 모여서 산맥을 이룬다. 산맥(山脈)의 '맥(脈)'은 기운이고, 힘이고, 줄기이다. 거칠게 풀이하면 기운과 힘을 지닌 큰 줄기이다. 다시 말해 살아 있는 생기의 큰 흐름이자 에너지의 대장정이다.

산맥은 지도 위에 그려보는 것만으로도 든든하고 힘을 준다. 어떤 역경 속에서도 흔들리지 않을 것 같은 안정과 안심의 느낌을 얻게 한다. 지구별도 산맥이 있어서 흔들리지 않는 틀을 유지하고, 산맥을 통하여 제 존재를 지켜 나아갈 수 있을 것이다. 산맥은 우리 몸의 동맥이나 정맥 같은 것이고, 또 척추나

근육질 같은 근간이다.

높은 곳에 올라 산맥이 흘러가는 것을 보면 가진 것 없어도 우리가 살 만한 땅에 발 딛고 살아 있는 듯하다. 또한 그 산맥의 흐름을 바라보노라면 산도, 삶도 무한한 흐름의 장이라는 생각이 찾아온다. 뿐만 아니다. 산맥의 흐름을 마주하노라면 지구별이 엄청난 역동의 생명체라는 생각이 들고, 그 산맥의 역동성 앞에서 숭고미와 비장미에 흠뻑 젖어들게 된다.

산맥이 흘러가는 동네에 살아보면 산맥의 품안에 내가 있다는 느낌이 언제나 함께한다. 무슨 일이 일어나도 보호해줄 것만 같은 큰 존재가 나를 에워싸고 있고, 어떤 어려움 속에서도 배가 고플 것 같지 않은 보호자가 옆에 있는 듯하다. 또한 산맥은 세상의 어떤 일도 사소한 것으로 만들며 해방시키는 힘이 있고, 중심만 지키며 나아가면 아무 일도 없을 것 같은 교훈을 전하는 교사 같기도 하다.

산맥으로 난 길을 따라 산맥 이쪽의 동네에서 산맥 저 너머의 동네로 가보는 일도 감동적이다. 산맥의 안쪽과 중심부를 느껴보는 이 여로는 산맥의 그 튼실함과 의젓함이 이 혼란스러운 지구별과 세상사 속에서 얼마나 소중한 자원이자 매력인가를 알게 한다. 그리고 산맥의 일부가 된 나 자신도 이 산맥으로 인하여 거대한 함선을 탄 것처럼 얼마나 무사해지는가를 느끼게 된다.

'무사시도인(無事是道人)'이라는 말이 있지 않은가. 산맥에 몸을 싣고 무사함을 느끼는 이 순간의 이런 감정이 도인의 감정과 같은 것일까. 혼자서는 도저히 무사할 수 없는 이 세상에서 산맥의 튼실함과 의젓함을 빌려 이런 느낌에 젖어보는 일은 진귀한 초탈의 경험이다.

산맥에 봄이 오면 산맥은 봄빛을 선사하며 우리를 일깨운다. 산맥에 여름이 오면 산맥은 여름빛을 뿜어내며 우리에게 여름의 동반자가 되어준다. 다시 산맥에 가을이 오면 산맥은 가을 단풍색으로 화려하게 깊어지며 우리에게 함께 성숙해지자고 신호를 보낸다. 그런 산맥에 겨울이 오면 산맥은 벗은 자의 근골을 드러내며 추위쯤은 아무것도 아니라면서 용감하고 당당한 자의 목소리를 내도록 이끈다.

산맥의 사계를 보는 일은 세상의 어떤 고전을 읽는 일보다 심오하고 생생하다. 언제나 산맥과 함께하는 삶은 최고의 고전한 권쯤을 옆에 두고 사는 일과 같다. 모르는 일이 있으면 물어보고, 답답한 일이 있으면 찾아가고, 미진한 일이 있으면 들춰보며, 점점 밝아진 가운데 산맥처럼 일념과 정진의 끈을 놓지 않고 살아갈 수 있기 때문이다.

다르마의 축복

무논,
영원을 닮은 생명의 땅

 4월의 곡우(穀雨) 무렵, 봄비가 흠뻑 내리면 대지는 씨앗을 키우기에 가장 알맞은 조건을 마련한다. 딱딱했던 대지는 비로소 여성성을 넘어 모성성의 부드러움과 포용력을 온전히 지니게 되고 세상엔 훈풍이 불 준비를 시작한다.

 4월의 곡우 무렵부터 5월의 입하(立夏)가 다가올 때까지, 약 보름 동안에 논은 찰랑이는 무논이 되고, 밭은 하염없이 순한 대모의 대지로 몸을 바꾼다.

 찰랑이는 무논은 관능적이다 못해 감동적이다. 일체의 것들을 받아들여 키울 수 있는 양수의 모성적 땅이 된 무논은 들녘과 마을을 감미로운 평화의 땅으로 만드는 것이다. 그 감미로운 평화의 땅에 농부의 모내기보다 일찍 시작되는 것이 개구리 울음소리이다. 개구리는 무논에 찾아와 그 존재를 드러내며 봄을 합창하는 최초의 주인공이다.

해도 제법 길어지기 시작한 5월의 무논에서 무르익은 봄날의 저녁을 알리는 한 소식처럼 개구리가 우는 것은 장관이다. 저녁 무렵부터 시작되어 밤이면 점점 깊어지고 유려해져가는 개구리 울음소리는 모내기조차도 잊게 만드는 무논의 예술이다. 어쩌면 저토록 단순하게, 순박하게, 그러면서 일념으로 울어댈 수 있을까? 나를 내려놓고 온전히 개구리 울음소리에 마음을 맡기다 보면 일체의 잡념이 사라지며 나도 세상도 경쾌해지고 순정해진다. 아무것도 숨길 것이 없는 자처럼 저렇게 아무렇지도 않은 듯 울어대는 개구리 울음소리와 삶의 방식은, 세상의 모든 것을 계산하느라 시간이 부족한 인간들의 지친 영혼을 소박하게 본자리로 되돌려주는 치유자이다.

빠르면 4월 하순, 늦으면 5월 초순부터 본격화되기 시작하는 무논의 개구리 울음소리는 근 한 달 동안 절정을 이루며 계속된다. 농부가 모내기를 하는 동안에도, 그 모들이 비틀거리며 자리를 잡아가는 와중에도, 연둣빛 어린 모들이 초록빛의 청년처럼 쑥쑥 키를 키우며 푸르러가는 동안에도, 개구리 울음소리는 '처음처럼' 그런 열정 속에서 계속되고 있는 것이다.

들녘 가까이에 집을 짓고 사는 사람들은 개구리 울음소리에 잠을 설치기도 한다며 푸념을 내놓는다. 그러나 개구리들의 울음소리가 지닌 야성과 투박함은 잠을 설치게 하는 만큼 다른 이로움을 안겨주리라 생각한다. 그렇지 않다면야 그들은 벌써 도회지 부근의 어디쯤으로 이사를 가서 다른 방식으로 살고 있지 않겠는가.

늦은 저녁까지 시간 가는 줄 모르며 정원을 가다듬거나 채소밭을 매만지다 보면, 개구리 울음소리가 멀리서 들려오기 시작한다. 귀를 기울이면 더욱더 크게 들리다가, 일에 집중하다 보면 잠시 소리가 아스라이 멀어지거나 아예 놓쳐지기도 한다. 이런 개구리 울음소리와 부드럽게 불어오는 봄날의 훈풍은 집안 대신 바깥에 있는 것을 더욱 신나게 만든다. 저녁을 준비하러 집 안으로 들어가야 하는 상황이지만 바깥에 더 머물고 싶은 마음이 사라지지를 않는다. 가출의 기쁨이 이런 것이라면 봄날은 개구리 울음소리와 더불어 가출하기에 적절한 시기이다.

한밤중에 잠시 잠이 깨어 거실로 나오면 개구리 울음소리는 먼 나라에서 들려오듯 여전히 들려온다. 한밤중에 홀로 듣는 개구리 울음소리에는 남다른 데가 있다. 너무나도 고요한 밤의 시간에 그들이 들려주는 울음소리는 인간의 길과 다른 길을 은밀히 암시한다. 인간 이전에도 있었고, 인간 이후에도 있을, 아니 인간과 다른 좌표에 있을 그들의 삶을 새로이 자각하게 하는 것이다.

이제 개구리 울음이 막 시작된 5월의 초순이다. 적어도 한 달간은 저녁 시간은 물론 밤 시간까지도 개구리 울음소리와 함께 보내게 되리라. 그들의 울음소리를 들으며 무논의 모들이 자라듯이 나도 그들의 울음소리를 들으며 올해에 시작한 일들을 도약시켜나가야 할 것이다.

미루나무,
신화처럼 높은 세계

키 큰 미루나무는 물가의 풍경을 시원하고 격조 있게 장엄한다. 개울가나 강가, 또는 호숫가에 키 큰 미루나무 몇 그루만 서 있어도 물가의 풍경은 사뭇 달라지는 것이다. 이전의 평범한 세상이 새로운 안목을 가진 이에 의하여 새 차원의 세상으로 단장되듯이, 오래된 관습이 눈 밝은 이에 의하여 새로운 규율 속에서 다시 태어나듯이, 물가의 키 큰 미루나무는 땅의 풍경을 하늘 쪽으로 끌어올린다.

이러한 물가의 키 큰 미루나무를 바라보고 있노라면 인생의 건강한 소망이 순정한 청년의 마음처럼 드높이 피어난다. 세상을 긍정해도 좋을 것 같고, 지금보다 조금 더 열심히 살아도 좋을 것 같은 마음이 찾아오는 것이다. 미루나무의 크나큰 키, 그의 상승력, 방금 몸을 씻은 듯한 싱싱함과 끼끗함, 작은 바람에도 팔랑이는 이파리들의 경쾌함과 유연함, 이런 그의 모습이 우리들에게 생의 기쁜 의욕과 긍정의 기운을 가져다주는 것이다.

동네엔 이런 미루나무를 품은 보기 좋은 물가 하나쯤은 있어야 한다. 그래야 그들을 보며 우리들의 더딘 삶을 앞으로 밀어 나아갈 수 있고, 혼탁해지는 마을을 너무 심해지지는 않게 맑혀 보호할 수 있으며, 자꾸만 가라앉는 마음을 그래도 격려하며 발랄하게 위쪽을 향해 들어올릴 수 있다.

어린 시절 신화처럼 미루나무가 높게 서 있는 개울가에서 놀던 일이 떠오른다. 미루나무는 그 자체로 듬직했고, 우리들의 놀이는 미루나무만큼이나 환상적이며 순정했다. 또한 어느 땐가 자연이 그리워 찾아간 시골 마을의 들녘에서 물들지 않은 수도인처럼 서 있던 미루나무들도 떠오른다. 그곳의 미루나무들은 여전히 마을의 풍경을 완성하였고, 그 그늘은 싱싱하고 정갈하였다. 미루나무들이 모여 사는 들녘은 저만큼 거리를 두

다르마의 축복

고 사는 성소 같았다.

미루나무에서 매미가 우는 여름날을 생각한다. 미루나무는 일대의 매미들을 다 품은 듯이 우렁찬 소리를 내었고, 매미들이 내는 크나큰 울음소리는 여름날의 소나기처럼 더위를 식혀주었다. 미루나무도, 매미 울음소리도 다른 기운이 조금도 섞이지 않은 최초의 것으로 원기를 그대로 뿜어냈다.

그런데 이상한 일이다. 키 큰 미루나무는 여러 해를 살아도 늘 처음 시작하는 세상처럼 깨끗하고 정갈하다. 언제나 방금 목욕을 하고 나온 사람처럼, 그리고 머리도 단정히 다듬고 나온 사람처럼, 또한 입성도 항상 잘 매만져 입은 사람처럼, 미루나무는 유려한 단아함이 있다. 그런 미루나무에 까치들이 둥지를 틀고 산다. 영리한 까치들이니 아마도 그들만의 지혜행(智慧行)일 터이다.

까치들이 미루나무에 지은 집은 겨울철에 환하게 드러난다. 까치들의 지혜행과 키 큰 미루나무의 보시행이 뒤늦게, 동시에, 세상에 알려지는 장면이다. 까치들은 높은 곳에 집을 짓고

귀한 새끼들을 낳아 기른 것이고, 미루나무는 높은 곳을 허락하며 그들이 떠날 때까지 헌신한 것이다. 이런 미루나무가 몇 그루라도 서 있는 마을은 지상에서 쉽게 찾기 어려운 높은 곳의 꿈과 평화가 깃들어 있다. 비루한 것이 인간사의 달라지지 않는 일상이지만, 그 일상 속의 비루함을 거풍시키는 드문 꿈과 평화가 찾아와 있는 것이다.

다르마의 축복

일주문,
오래된 한 마음의 길

　절로 가는 길의 첫 지점에 일주문이 있다. 대립된 두 마음을 쓰며 살던 우리들이 본래면목의 자리를 찾아 한 마음을 쓰며 살게 되는 전환이 이곳에서부터 일어나는 것이다. 이 전환을 꿈꾸며 사찰은 일주문을 세우고, 사람들은 그 일주문을 지나면서 다시 태어난 자신의 새로운 몸을 만난다.

　세상사는 복잡한 것 같지만 실은 단순하다. 한 마음을 쓰고 사느냐, 아니면 두 마음을 쓰고 사느냐 하는 것이 핵심이다. 한 마음을 쓰고 살면 행복이 오고, 두 마음을 쓰고 살면 번뇌가 온다. 그러나 범부인 우리들은 실상 이 단순한 사실을 인식하기도 어렵거니와, 두 마음을 쓰는 데 길이 난 터이라 한 마음을 쓰는 데로 나아가기도 참으로 어렵기만 하다.

그렇더라도 우리는 한 마음과 두 마음 사이에서 저도 모르게 오고 가는 삶을 살아가고, 제아무리 두 마음을 쓰는 자일지라도 문득문득 한 마음을 쓰고자 하는 근본 에너지의 간절한 목소리를 듣는다. 아시다시피 그것은 표면적인 두 마음 아래에 한 마음인 일심의 강이 누구에게나 흐르고 있기 때문이다.

우리가 지닌 한 마음이 심산(深山)의 절을 찾게 한다. 사람들은 그 마음의 소리를 들으며 먼 길을 달려가는 것이다. 그렇게 먼 길을 달려 사찰의 입구에 도착하였을 때, 일주문은 언제나 거기서 그렇게 기다린 선지식처럼 우리를 변함없이 반긴다. 잘 왔다고, 이제부터 다른 삶을 살아보라고, 우리를 넉넉히 품어 주는 것이다.

일주문에서부터 우리를 이끄는 이 일심의 힘은, 그러나 이전의 우리를 기적처럼 단번에 바꾸어놓지는 못한다. 일심의 힘은 영원하지만 이전의 우리를 이끌었던 세상의 힘도 여간 강하고 도전적인 것이 아니기 때문이다.

그래서일까? 일주문을 지나 바로 대웅전이나 법당이 있는 것이 아니라 그곳에 이르기까지 펼쳐진 긴 길이 보이지 않는 대승의 수레바퀴처럼 우리를 싣고 간다. 사찰마다 모양은 다르나 고요하고 아늑한 길이 꽤 길게 은자의 길처럼 펼쳐져 있는 것이다.

오대산 월정사와 내소사의 전나무길, 영축산 통도사와 불영사의 소나무길은 그런 길 가운데 으뜸이다. 일체를 엔트로피 제로 지점의 전일적 생명력으로 정화시켜 환지본처(還至本處)시키는 월정사와 내소사의 전나무길, 그보다는 조금 부드러우나 고차원의 미학적 생명력으로 우리를 정화시켜 중도의 자리로 안내하는 통도사와 불영사의 소나무길은 인도(人道)라기보다 천도(天道)이다. 그 천도를 천천히 걷다 보면 우리는 부처의 마음자리로 서서히 돌아간다. 두 마음의 흔적은 사라지고 한 마음의 물결이 온몸을 감싸기 시작하는 것이다.

일주문을 지나 이렇게 인도 너머의 천도를 걷다 보면 발걸음은 꿈결처럼 불이문(不二門)에 가까이 와 있다. 외형적으로는 너와 내가 이렇게 다른 몸을 하고 있지만 실제로는 둘이 아닌 일원의 법신 공동체라는 음성이 이 문으로부터 들려오는 것이다. 일주문을 지나 천도를 걸어온 경험이 이미 몸에 누적되었기 때문에 불이문의 이런 음성을 듣고 수용하는 일은 자연스럽다. 그래, 둘은 둘이 아니라 하나이지라고 그 음성에 그대로 공감하게 되는 것이다. 이것을 조복기심(調伏其心)이라고 할까? 두 마음의 항복이 여기서 일어나는 것이다.

다르마의 축복

수수,
삼계(三界) 너머를 상상하는 일

농작물들은 대체로 키가 작고 아담하다. 그래야 땅심도 크게 받고 태풍에도 견딜 수 있기 때문인 듯하다. 이런 곡식들이 자라는 밭은 언제나 조용하고 적막하다. 별다른 일이 없는 듯 평범하고 소탈한 것이다.

그런 밭의 이곳저곳에서 간혹 눈에 띄는 것이 키 큰 수수이다. 수수는 그 키가 너무나 커서 존재 방식이 의심스러울 정도이고, 때로는 농작물이라기보다 관상용 초목같이 느껴지기도 한다. 수수는 어찌하여 이토록 큰 키의 농작물이 되어 들녘에 와서 살게 되었는가? 기린의 긴 목과 높은 키를 이해하는 데 시간이 걸리듯이 수수의 키 큰 모습과 그 존재 방식을 이해하는 일도 쉽지 않다.

수수가 드문드문 서 있는 밭은 이상하게도 초탈한 느낌이 든다. 여름 한낮의 그 따갑고 난처한 더위 속에서도 수수의 출현은 그 풍경을 깨고 생기를 더해준다. 수수는 초등학교 교실에서 유난히 손을 높이 들고 발표에 참여하는 똑똑하고 적극적인 학생 같기도 하고, 세상 물정 모른 채 있는 그대로의 자신을 숨김없이 드러내며 사는 용감한 자연인 같기도 하며, 농구 선수가 한번 되어보지 않겠느냐고 자주 권유를 받는 운동장의 키가 유난히 큰 남학생 같기도 하다.

도모하는 것 없이 그저 키가 큰 것들은 하강의 중력으로부터 자유로운 존재이다. 중력이 강할수록 대지성이 증대된다면 키가 큰 것들은 천상성이 강하다. 그들의 몸에 하늘의 속성과 하늘에 대한 그리움을 갖고 있는 것이 키가 아주 큰 것들의 본성이라면 수수는 분명 그런 종류에 속하는 대표적인 존재이다.

그런데 수수는 단지 키만 큰 것으로 이해되지 않는다. 그 몸

다르마의 축복

은 가늘고, 그 이파리는 길며, 그 열매는 퉁명스럽다. 가느다란 몸, 가는 이파리, 퉁명스러운 열매는 어느 모로 봐도 이 땅에 대한 집착을 지우고 있는 모습이다. 뿌리 내리기보다 날아오르기를 소망하는 자태이고, 계획적이기보다 바람 부는 대로 살고 싶은 노마드의 표상이다.

그런 수수를 농부들은 정성들여 가꾼다. 그 결과 몇 되의 수수를 수확하고 그 수수로 수수팥떡을 만들어 어린아이들의 백일상이나 생일상에 놓아준다. 수수는 일종의 의식에 쓰이는 음식 재료인 것이다. 나는 어린아이들의 백일이나 생일날에 이런 수수팥떡을 해주는 일에 대한 궁금증이 많았다. 퉁명스러운 그 떡을 어린아이들의 삶과 생명을 축하하는 일에 놓아주는 일에는 분명 사연이 있을 것만 같았기 때문이다. 지금도 그 뜻을 분명히 다 알지는 못하지만, 추측건대 키 큰 수수의 천상성과 초탈성의 힘으로 집착 많은 중생계의 잡스러움을 쫓아내려고 하는 것이 아닌가 한다.

어린아이를 키우는 집엔 밭가에 수수를 몇 그루라도 심고 몇 되씩의 수수를 거두어 벽장에 간직해두는 것이 이 땅의 전통문

화이다. 어린 아이가 제대로 크기를 바라는 마음이, 어린 아이의 참 본성이 침해당하지 않기를 바라는 소망이 그런 일을 하게 만든 것이리라. 우리 집에서도 할머니는 그 수수팥떡을 초등학교에 들어가기 전까지 우리들의 생일날에 만들어 놓아주셨다. 그때까지는 아이에게 수수팥떡을 해줘야 한다는 소리를 할머니가 며느리에게 하시는 말씀을 나는 듣곤 했다. 환상이지만 초월의 꿈이 담긴 인간 존재의 삶의 방식이리라.

왕소금,
삼가는 마음의 거룩함

왕소금 앞에선 어떤 교언영색도 무력화된다. 거칠고 투박한, 그러나 맑고 견고한 왕소금은 노자적인 자연성과 불가적인 금강성(金剛性)을 같이 지니고 있다. 꾸밈없는 존재! 결코 깨지지 않는 영원의 존재! 마음이 염색한 듯 울긋불긋할 땐 왕소금의 자연성에 의지하여 치유하고, 마음이 부박하여 흩어질 것같이 연약할 땐 왕소금의 금강성에 기대어 치유받을 수 있다.

가을이 되면 왕소금을 몇 말씩, 또는 몇 부대나 한 가마니씩 사 들이는 것이 일반적이다. 김장철이 곧 돌아오는 계절에 맞추어서 한 해 동안 먹을 왕소금을 행사처럼 사 들이는 것이다.

왕소금을 쏟아놓고 말로 계량하여 팔거나, 부대나 혹은 가마니에 담아놓은 왕소금을 산더미처럼 쌓아놓고 파는 오래된 시장의 풍경은 넉넉하고 힘이 넘친다. 왕소금은 그 자체로 당당하고, 그 소금을 쌓아놓거나 담아놓고 파는 시장도 덩달아 활력으로 가득한 것이다.

왕소금은 소금 중의 왕이다. 소금은 그 자체만으로도 빛과 더불어 세상의 알파요 오메가라고 칭송되는 존재이다. 그런 소금 중의 왕소금은 모든 소금의 중심이자 궁극이다. 이런 왕소금을 넉넉하게 사 들이고 나면 가난한 집안조차도 그 집안은 일시에 부유해진 것만 같다. 끼니 걱정을 하지 않아도 될 것 같은 마음이 드는 것은 물론이거니와 집안 전체가 언제나 정화된 상태로 건강하게 유지될 것 같은 마음이 밀려오는 것이다.

왕소금은 장독대의 항아리 가운데 가장 큰 항아리에 담기는 것이 일반적이다. 배가 충분히 부른, 키도 제법 크고 입구도 풍만한 항아리에 왕소금을 가득 담아놓고 나면 장독대는 진정 장독대다워진다. 뭔가 내적 중심이 잡히는 것 같고, 흔들려도 흔들리지 않는 부동심이 창조된 것 같다.

실로 그렇지 않은가. 왕소금이 있어야만 간장도 담글 수 있고, 된장도 담글 수 있으며. 고추장도 담글 수 있지 않은가. 또한 그 왕소금이 있어야 겨우내 먹을 김장도 담글 수 있지 않은가. 왕소금은 이처럼 장독대와 집안의 중심에 있다.

어쩌다 장독대에 올라가 크고 웅장한 배불뚝이 옹기 항아리를 열어보면 그곳엔 신선 같은 하얀 왕소금이 밝으면서도 깊은 표정을 하고 들어 있다. 그 표정을 바라보는 일은 언제나 신선하고, 그 표정 앞에서는 언제나 존재가 씻겨진다. 굳이 신성한 세계를 불러내지 않아도, 씻김굿을 따로 하지 않아도 나날의 일상 속에서 왕소금은 존재와 집안을 정화시키고 성화시키는 것이다.

이런 왕소금 항아리 앞에선 삼가는 마음이 저절로 생긴다. 그리고 왕소금으로 담근 된장이며 고추장 항아리 앞에서도 삼가는 마음이 저절로 들기는 마찬가지이다. 세상을 부패시키지 않도록 만드는 왕소금이 모여 있는 항아리 앞에서 누가 함부로 아만심(我慢心)을 내보일 수 있겠는가. 그리고 금줄까지 쳐놓고 정성을 들이며 익혀가는 된장 항아리며 고추장 항아리 앞에서 누가 천박한 마음을 낼 수 있단 말인가. 덧붙이자면 왕소금의 세례 속에서 자신의 아상(我相)을 내려놓고 참하게 숨죽인 김장철의 배추와 무의 표정을 본 사람이 어떻게 함부로 수다스러워질 수 있겠는가. 정말로 왕소금의 위력은 대단하다. 신성한 아름다움이 여기에 있다.

다르마의 축복

야자수,
호흡이 느려지는 곳

야자나무가 자라는 나라에 가면 조금 게을러져도 괜찮을 것 같다. 아침도 조금 느긋하게 먹고, 옷차림도 조금 헐렁하게 하고, 신발도 조금 넉넉한 것으로 신고, 커피도 조금 부드러운 것으로 마시고, 전화 같은 것은 아예 하지 않고 하루쯤 지내도 아무 일이 없을 것만 같다.

공부도 또한 그렇게 치열하게 하지 않아도 될 것 같으며, 오가는 사람도 크게 신경 쓰지 않아도 될 것 같고, 사람을 만날 때에도 특별한 격식을 차리기보다 길거리나 해변으로 약속 장소를 정하고 그저 걸으며 이야기를 나누면 될 것 같다.

뿐만 아니다. 그곳에서는 인생의 계획 같은 것도 느긋하게만 스케치하고 사는 게 어울릴 것 같으며, 하루의 일과 또한 시계의 규칙보다는 신체의 리듬이 원하는 대로 사는 편이 어울릴 것 같다. 그런가 하면 그곳에서는 자동차를 타고 다니는 것보다 걷거나 자전거를 타고 다니는 편이 좋을 것 같고, 굳이 여행을 떠나지 않아도 살고 있는 곳 모두가 여행지인 듯 가뿐하다.

야자나무가 자라는 나라엔 언제나 바다가 평화롭게 펼쳐져 있을 것만 같다. 굳이 바다를 보러 가지 않아도 바다가 늘 있는 곳과 같고, 바다를 둘러싸고 있는 야자나무 아래에 누워 바다를 보는 일만으로도 하루의 웬만한 시간은 아무 일 없이 흘러갈 듯하다.

또한 그곳은 크게 성취할 것도 없지만 그렇다고 크게 상실할 것도 없는 곳 같고, 크게 도전할 것도 없지만 그렇다고 크게 낙심할 것도 없는 곳같이 여겨진다. 자연을 조금쯤 문명의 방향 쪽으로 전화시켜도 사는 데 아무 일이 없을 것 같은 나라, 굳이 탐진치니 오욕칠정이니 하며 인간 내면의 극단을 상정할 일도 없을 것 같은 나라가 야자나무가 자라는 나라일 듯하다.

다르마의 축복

나는 야자나무가 자라는 나라들을 여러 곳 여행해본 바가 있다. 주로 아열대에 속하는 그 나라들의 외형적 삶은 대체로 빈곤해 보였지만, 이상하게도 그 나라들이 주는 내면의 평화는 특별하였다. 야자나무가 늘어선 길을 원숭이들과 함께 동행자처럼 걸어보는 일, 아무도 가꾸지 않은 것 같은 야자나무에 무더기로 둥글게 달려 있는 야생의 코코넛 열매들을 보는 일, 그 코코넛 열매 안의 달콤한 물로 갈증을 해결해보는 일, 저녁이 되어도 굳이 일찍 들어갈 일이 없는 듯 그저 야자나무 아래서 시간을 보내는 사람이 적지 않은 풍경, 야자나무의 단단하고 큰 키의 수직성 앞에서 그냥 마음이 안정되는 일, 이런 일들이 아마도 그 평화의 목록인 듯하다.

그러나 이런 야자나무의 평화보다 더 근원적인 자리에는 아열대 지역의 평화라는 더 본질적인 평화가 내재해 있는 듯하다. 일 년에 이모작은 물론 삼모작도 가능한 지역, 무수한 꽃들이 일 년 내내 피고 그 열매들이 계절 없이 달리는 곳, 굳이 원하지 않는다면 난방을 하지 않아도 살 수 있는 곳, 그러니까 결국은 의식주의 두려움을 다른 곳보다 크게 느끼지 않는 데서 이런 평화가 오는 듯하다. 물론 야자나무가 자라는 곳도 척박한 곳이 많다. 하지만 이런 아열대의 풍경은 다른 지역에서 보기 어려운 그곳만의 숨겨진 비경이자 몽상이다.

다르마의 축복

큰 수레[大乘],
큰 것을 진정 알게 하는 시간

큰 수레는 짐도 많이 실을 수 있고, 사람도 많이 태울 수 있다. 하늘의 대형 비행기, 땅의 대형 자동차, 바다의 대형 선박은 모두 큰 수레에 속하는 것들이다.

큰 수레를 타면 흔들림이 적고, 큰 수레 안에선 이동도 가능하고, 큰 수레에선 숙식도 할 수 있다. 큰 수레는 인간이 만들고 굴리는 대단한 이동 수단이자 삶의 한 도구이다. 그리고 이 세상엔 수많은 사람들이 함께 살고 있음을 알려주는 놀라운 징표이다.

이와 같은 큰 수레에 빗대어 사람들이 이름 붙인 또 다른 크나큰 수레가 있으니 그것은 이 지구별을, 태양계를, 은하계를, 우주 전체를, 무엇보다 우리들 자신을 움직이는 진리이다. 세계 전체가 하나의 수레와 같다는 사실, 그 수레는 무시무종이며 불생불멸의 그 무엇이라는 것, 누구도 본 바가 없지만 누구도 이 수레를 타지 않은 사람이 없다는 것, 어떤 존재도 이것을 설명하기 어렵지만 어떤 존재도 이것을 느끼지 않을 수 없다는 것이 우주 전체를 싣고 가는 큰 수레의 진리이다.

불가에선 만유를 태우고, 나를 태우며, 우주를 우주로 존재케 하는 영원의 큰 수레를 법이라고, 법성이라고, 법신이라고 다르게 부르기도 하며, 그 존재에 의지하여 삶을 영위하는 것을 '여법' 하다고 한다. 이 세상에서 믿을 수 있는 것은 그 큰 수레뿐이며 우리들 자신이 곧 그 큰 수레 자체이고, 우리가 그 큰 수레로 살아갈 때 세상의 고통은 바람처럼 사라진다고 생각하는 까닭이다.

실로 우주 전체를 싣고 다니는 큰 수레는 얼마나 크나큰 것일까? 우주의 전모도 상상되지 않지만 그것을 태우고 다니는 큰

다르마의 축복

수레의 면모도 상상하기 어렵다. 그러나 직관과 통찰로 이 큰 수레를 꿰뚫어 본 이들이 있으니 사람들은 그들을 '눈 밝은 이'라고 부르며 외경한다. 정말 눈이 밝아지면 우주를 싣고 굴리는 큰 수레의 기틀이 보일까? 세계일화(世界一花)의 실상 속에서 세계라는 꽃송이가 움직이는 하나의 큰 이치가 보일까?

지금도 지구별은 자전과 공전을 하며 지구별의 모든 식구들을 빠짐없이 태운 채 어딘가로 가고 있다. 지구별이 모체로 삼는 태양도 그만의 수레에 그 일원들을 태우고 살아가며, 은하계와 또 다른 은하계도 저마다의 수레를 돌리며 그 구성원을 안고 길을 간다.

그러나 앞서 말했듯이 우주 전체를 하나로 돌리는 진정 큰 수레를 다시 사유해볼 필요가 있다. 그 큰 수레의 슬하에 우리 모두는 속해 있으며 우리가 마음을 어떻게 쓰느냐에 따라 우리 스스로가 주인공이 되어 그 수레의 운전자도, 수레 그 자체도 될 수 있다고 하니 말이다.

실로 마음이 바늘조차 들어갈 수 없을 만큼 좁아지고 그에 집착하여 헤어 나오지 못하는 순간, 이 큰 일승의 큰 수레를 용감한 영웅처럼 의심 없이 믿어보면 만사가 광명처럼 밝아진다. 그리고 그 작고 좁은 구멍은 내 욕망이 만든 환상에 불과한 것이라고, 어찌하여 그 구멍에 일생을 걸고 사로잡혀 있느냐고 자신을 나무라며 자신의 본지를 되찾게 되면 삶은 완전히 다른 차원으로 비약하게 된다.

지금도 일승의 크나큰 수레가 우리를 싣고 움직인다. 그 이유를 알 수는 없으나 일승의 수레바퀴를 사유하는 것만으로도 삶은 억압에서 벗어난 자의 그것처럼 한결 가벼워지고 자유로워진다.

다르마의 축복

빈 집,
존재의 새로운 차원

아무도 살지 않는 빈집이 시골 마을에 빈칸처럼 여기저기 있다. 빈집은 언제나 위태롭고 쓸쓸하고 적막하다. 그러나 빈집도 오래되면 그들만의 질서를 만들어간다. 그리고 주인 없이 사는 삶을 그들만의 방식으로 보여준다.

봄이 되면 빈집의 울타리엔 노란 개나리가 풍성하게 꽃을 피운다. 개나리가 피어 있는 동안 빈집은 빈집이 아닌 듯하고, 개나리는 저 혼자 자신의 봄 시간을 살아간다.

봄이 되면 빈집의 뒤란 한쪽에서 산도화가 꽃을 피운다. 산도화가 연분홍 꽃잎을 환하게 피워낼 때, 빈집은 산도화의 기운으로 환상처럼 우아하다. 산도화 한 그루가 빚어내는 기적이 대단하다.

봄이 되면 앞마당 가엔 목련도 꽃몽우리 내밀며 담장을 넘는다. 허전하고 공허한 빈집에서 솟아나는 목련꽃의 맑고 고운 기운은 또한 그 집이 빈집임을 잊게 한다. 목련꽃이 피어나는 한 그 집은 영원히 빈집이 아닌 듯하다.

늦은 봄이면 빈집의 대문가에 수국이 꽃눈처럼 무더기로 피어난다. 눈덩이만한 수국이 후덕한 모습으로 집의 입구를 푸짐하게 장식할 때, 빈집은 주인 없이 누구라도 맞이할 만큼 넉넉하고 온화하다.

또한 늦은 봄이면 빈집의 이곳저곳에 울타리 장미가 넝쿨째 붉다. 너무나도 붉고 다정한 울타리 장미를 보고 있노라면 빈집에 꼭 누군가가 살고 있는 듯만 하다. 주인이 없는데도 저토록 붉고 다정한 울타리 장미가 핀다는 것은 도대체 무슨 일일까?

다르마의 축복

가을이면 빈집에 서 있는 그 집의 역사만큼 오래된 감나무에 감이 달리기 시작한다. 늦가을이 되면서 잎은 떨어지고 주황색 감들만 가득 달려 있는 감나무의 진풍경은 빈집의 허허로움과 결핍감을 일시에 잊게 한다. 저 혼자 자라서, 저 혼자 꽃 피고, 저 혼자 의연하게 열매를 가득히 맺고 서 있는 저 늦가을 빈집의 황금빛 감나무는 존재의 독자성을 실감하게 한다.

겨울이 되면 빈집에도 눈이 내린다. 하늘은 그 어떤 존재도 차별하지 않는다는 말처럼 빈집에도 차별 없이 흰 눈이 내린다. 흰 눈이 내린 마을은 일제히 하얀빛 일색이 되고, 그 속에서 빈집과 빈집이 아닌 것 사이의 경계는 사라진다. 모두가 사람들이 사는 집 같기도 하고, 모두가 빈집인 것 같기도 한 흰 눈의 마을이 탄생하는 것이다.

이렇게 빈집의 한 해가 흘러가면 마을에 봄이 오듯 그 빈집에도 다시 봄이 온다. 담장 밑의 노란 민들레도 다시 피어나기 시작하고, 보랏빛 오랑캐꽃이며 햇빛을 닮은 것 같은 양지꽃들도 여기저기 얼굴을 드러내기 시작한다. 주인 없는 빈집이니 다듬어진 질서는 물론 아니지만 그들이 이곳저곳에 돋아나면 빈집의 쓸쓸함은 많이 가신다. 그런 꽃들을 보며 삶의 신비로움과 생의 무상함을 음미해본다면 그것은 그런대로 괜찮은 공부가 아닐까? 빈집의 꽃들이 만들어내는 사계절을 바라보며 이런저런 생각에 잠겨본다.

나비들,
가벼움을 가르치는 선지식

나비 한 마리가 아무 일도 없는 듯 언제나 열려 있는 대문으로 날아 들어온다. 마당에서 나비 두 마리가 서로 한 쌍이 되어 노닐더니 울타리 너머의 이웃집으로 날아가 아예 돌아오지 않고 그곳에서 논다. 나비 세 마리가 새로 핀 꽃 주위를 둥글게 맴돌더니 각자 마음이 움직이는 꽃봉오리를 찾아가 새 향기에 취해 있다. 몇 마리인지 알 수도 없는 나비들이 마당의 이쪽저쪽을 오가며 부산하다. 우리가 그렇듯, 그들도 서로 온 방향을 모르고, 가는 방향 또한 모르는 듯하다. 오직 이곳에 잠시 함께 머무르게 된 드문 인연만 있는 듯하다.

나비가 있는 마당은 언제나 걱정이 없고 평화로운 마을 같다. 작은 몸과, 무게가 느껴지지 않는 나비의 날개 때문이라고 생각한다. 또한 나비가 있는 마당은 언제나 화사하다. 나비가 날아오면 소박하던 마당도 화려해지고, 잘 가꾸어진 정원은 더욱 고아해진다.

나비들이 날고 있는 텃밭도 매력적이다. 나비가 텃밭을 날아다니면 텃밭은 곡식이 자라나는 실용성의 장소가 아니라 삶의 현실성을 잠시 벗어난 공원이나 여행지 같다. 나비가 날아다니는 들녘도 또한 매혹적이다. 나비가 들녘을 날아다니면 들녘은 어느새 아스라한 그리움의 장소가 되고, 모든 곳이 길 너머의 길이 되는 평원 같다.

나비가 숲 속을 날아다니다 조용히 바위 위에서 명상에 든 모습도 이채롭다. 숲 속도, 바위도 모두 깊이로의 초월을 가능하게 하는 곳이어서, 나비가 숲 속 바위 위에서 명상하는 모습은 어느 경우보다 심오하다. 마치 진심의 가장 아랫자리까지 장애 없이 도달한 고승의 선정을 연상시킨다.

숲속에 잠시 빛이 들어오고 하늘 한구석이 파랗게 열리며 나타난다. 마치 만해의 「알 수 없어요」의 "장마 끝에" "언뜻언뜻 보이는 푸른 하늘"과 같다. 나비 한 마리가 그곳으로 이승의 미련을 초월한 사람처럼 날아올라 멀리 사라진다. 나비의 고향이 그곳 같다. 아니 나비의 내생이 그곳 같다.

어느 때는 나비 한 마리가 뜨락에 와서 쉬고 있다. 그의 휴식을 방해할까 봐 가만히 자리를 피해주면 그는 잠든 아이처럼 오랫동안 쉰다. 그 시간이 얼마나 되는지 잘은 모르지만 휴식의 끝자리에서 다시 길을 떠나는 사람처럼 그는 쉼을 마치고 어디론가 길을 떠난다.

아래쪽 마당에 내려가보면 나비들이 사람들의 눈길이 닿지 않는 곳에서 저희들끼리 논다. 사람들이 없는 곳에서 노는 그들의 모습은 자족적이고 독자적이다. 사람들이 존재하기 이전부터 그들이 존재했고, 사람들이 사라진 이후에도 그들이 존재할 것처럼 그들은 아무 일 없이 그들 세계를 유지하며 날고 있다.

이런 나비들도 겨울이 되면 어딘가로 다 사라진다. 나비가 사라지기 시작하면 겨울이 시작되는 것이다. 그런 나비들이 새봄이 되면 다시 세상으로 나온다. 나비들이 나타나기 시작하면 봄이 오기 시작하는 것이다.

합장,
두 손이 찾은 궁극

인간은 직립함으로써 두 손이 자유롭게 되었다. 이 두 손은 대단한 무기이자 도구이다. 인간이 이 지구별에서 이토록 성공하게 된 데에는 인간들의 두뇌보다 오히려 두 손의 공로가 더 큰지도 모르겠다.

이 두 손은 인간 진화의 뒷자리에서 나타난 것이라 지금도 사람들은 두 손을 어디에다 두어야 할지를 모를 때가 적지 않다. 두 손의 독립이 여전히 어색하고 번거롭기까지 한 것이다. 더욱이 이 두 손은 균형이 맞지 않아 오른손과 왼손은 강약이 서로 다르다. 이런 두 손은 제대로 보살피지 않으면 서로 상대적인 자리에 있으면서 대립한다. 두 손의 이와 같은 출현과 불균형은 인간 존재를 흔들리게 한다. 이쪽과 저쪽 사이의 이분법적 균열이 이 속에 있는 것이다.

그러나 이것은 두 손의 한 면만을 본 것이다. 인간들의 두 손은 서로를 그리워하며 협력하고 마침내는 하나였던 본래의 자리를 찾으려고 서로를 향해 연인처럼 가까이 간다. 합장은 두 손의 이와 같은 그리움과 만남의 온전한 모습이다. 인간들은 두 손을 한 곳에 모음으로써 일심의 존재로 거듭나고, 손이 지녔던 공격성과 도구성을 스스로 내려놓게 되는 것이다.

두 손이 만나는 합장 속에서 우리는 마음 한가운데 주장자를 세운 사람처럼 중심을 잡게 된다. 두 손이 만나는 합장을 함으로써 우리는 상대방에게 최대의 공경과 사랑의 마음을 전할 수 있다. 두 손이 만나는 이런 합장을 함으로써 우리는 또한 인간의 중생심을 지혜심과 보살심으로 격상시킬 수 있다.

사람들은 기도를 할 때 합장을 한다. 기도가 우리의 흐트러졌던 분별심을 본래의 일심으로 되돌려서 세상을 읽고 그와 같은

다르마의 축복

세계가 실현되기를 소망하는 것이라면 합장이야말로 기도인에게 너무나 자연스럽고 훌륭한 행위이다. 또한 사람들은 누군가를 수희찬탄할 때 합장과 같은 형태의 박수를 치며 마음을 전한다. 이때 우리의 두 손은 하나로 만나고 그 속에서 원음이 탄생한다. 원음은 언제 들어도 우리를 조화로움 속으로 이끈다. 그리고 우리를 치유한다.

오래된 성당 앞의 성모 마리아께서도 두 손을 모으고 서 계신다. 그분은 늘 기도를 하고 있는 것이리라. 물론 그 기도는 이 땅에서 무엇을 하고 사는지 모르면서 그저 고통스러워하는 우리들을 보살피기 위한 것이다.

사찰의 스님들도 합장을 하며 사람들을 맞이하신다. 스님들의 합장 속에서 사람들의 분별심은 봄눈처럼 녹아내리니 그 순간만은 대립의 간극이 사라지고 서로가 하나가 된다. 신도들도 합장하며 서로 인사를 나눈다. 일심을 당신에게 드리겠다는 고백이다. 그리고 일심으로 당신을 맞이하겠다는 화답이다. 편지를 쓸 때도 불교 신도들은 합장이란 말을 마지막 이름 뒤에 붙인다. 그대에게 보내는 나의 편지가 청정한 마음의 소산이라는 사실을 고백하는 것이다. 이런 편지를 우리가 주고받을 때 우리의 만남은 고차원의 성스러운 일이 된다. 그야말로 도구적인 언어를 교환하는 것이 아니라 언어 너머의 일심을 교환하는 일이 되는 것이다. 마음이 산란할 때 두 손을 모아 합장해보아라. 신체적인 행위에서 비롯되는 것이나 그 행위는 어느새 마음으로 이어지며 존재의 질적 변화를 낳을 것이다.

법명(法名) 1,
이름을 넘어선 이름

인간들이 제대로 된 이름을 가진 것은 오래되지 않았다. 특히 여성들이나 하층민들이 개인으로서의 이름을 가진 것은 근대에 들어와서이다. 이런 사실은 세속의 이름을 갖는 일도 쉽지 않다는 것을 말해준다. 이름을 갖는다는 것은 한 인간의 개인성을 온전히 인정받고 행사한다는 뜻이 되기 때문이다.

세속의 이름을 가졌으면 그것은 일단 세속적 성공이 이루어진 것이다. 그러나 그것은 '세속'의 한계 안에서 이루어진 성공이다. 이런 세속은 우리들의 운명적 시간이자 공간이지만 우리는 그 운명적 세계를 초탈하고 싶어 하고 또 그렇게 해야 마땅하다. 이런 초탈의 완전한 방식은 출가이다. 그러나 출가가 말처럼 그렇게 쉽지는 않다.

그렇더라도 우리는 출가의 꿈을 접지 못한다. 용감한 사람들은 온전한 출가를 하고, 그렇지 않은 사람들은 반쪽만의 출가라도 성취하고 싶어 한다. 아시다시피 출가엔 신출가(身出家)와 심출가(心出家)가 있다. 가장 온전한 것은 신출가와 심출가를 병행하는 것이지만 그것이 어렵다면 이 중 한 가지만 행하여도 삶은 맑고 밝은 경지가 된다.

출가의 표상으로 '법명'을 부여받는 행위가 있다. 법명은 중생심이 아닌 진리의 마음에 계합한 이름이다. 인간들이 중생심을 버리고 진리의 마음으로 살고자 하는 신심과 원력의 표현인 것이다. 한 인간이 이처럼 중생심에서 진리의 마음으로 삶의 중심축을 바꾸고 '존재의 전환'을 이룩하였을 때, 법명은 그의 삶에서 광명처럼 빛난다.

얼마 전 『법명 해설 사전』을 구입하였다. 그야말로 그 사전은 법명의 바다인 법해(法海)이자 법명의 산인 법산(法山) 같았다.

다르마의 축복

법명을 하나씩 읽을 때마다 마음에 별이 하나씩 안기는 것 같았다. 아니 법명을 하나씩 부를 때마다 존재가 순간순간 노래처럼 밝아지는 것 같았다. 김춘수 시인은 누가 나의 빛과 향기에 알맞은 이름을 불러달라고 그의 시(「꽃」)에 썼는데 그 이름에 가장 적절한 것이 법명 같다는 생각이 든다.

사전의 첫 부분에 나오는 법명을 순서대로 조금만 제시해보기로 한다 : 가공(加供), 가관(迦觀), 가득(家得), 가락(可樂), 가련(家蓮), 가련화(家蓮華), 가명(家明), 가산(可山), 가섭(迦葉), 가성(家聖), 가성덕(家聖德), 가성심(家聖心), 가성행(家聖行), 가성화(家聖華), 가송(歌頌), 가애(可愛), 가열(可悅), 가영(歌詠), 가의(可意), 가존(可尊), 가지(家智), 가탄(歌歎).

위에 제시된 법명은 다음과 같은 해설을 품고 있다. 지면상 한두 가지 법명에 대한 해설의 예만을 들어보기로 한다. 그리고 법명에 대한 글은 다음 장에서 계속하여 그 깊은 뜻을 더 음미해보기로 한다.

가공(加供) : 가지공양(加持供養)의 준말. 부처님과 여러 대승보살,

일체중생에게 올리는 공양을 갖추어 준비한다는 뜻. 신심과 공덕을 수지하여 더욱 공양에 힘써 정진하라.

　가관(迦觀) : 바라밀행을 닦아 중생의 망령된 업을 선정으로 관찰하여 일체의 번뇌를 소멸시켜라.

법명(法名) 2,
마음을 넘어선 마음

    고승들의 법명을 부를 때마다 가슴도 주변도 밝아진다. 무명을 거둬내고 밝음으로 나아가게 하는 힘이 작용하는 까닭이다. 말이 지닌 힘이 있다면 고승들의 법명이 지닌 힘만큼 대단한 것도 달리 찾아보기 어렵다.

    선불교의 6대 조사스님들의 법명을 불러본다. 보리달마(菩提達磨), 혜가(慧可), 승찬(僧璨), 도신(道信), 홍인(弘忍), 혜능(慧能)이 그들이다. 보리달마가 환기시키는 진리 그 자체, 혜가가 전달해주는 지혜의 충만함, 승찬이 뜻하는 승려라는 옥빛, 도신이 품고 있는 진리와 신심, 홍인이 말해주는 가없는 인욕, 혜능

이 전해주는 지혜의 온전함, 이런 의미들이 우리에게 엄청난 말의 힘으로 밝음의 세계를 안내한다.

우리나라 불교사에 널리 알려진 스님들의 법명을 불러본다. 원효(元曉), 의상(義湘), 자장(慈藏), 대안(大安), 지눌(知訥), 혜근(惠勤), 일연(一然), 휴정(休靜), 진묵(震黙), 용성(龍城), 만해(萬海), 석전(石顚), 경허(鏡虛), 만공(滿空), 효봉(曉峰), 성철(性徹), 향곡(香谷), 경봉(鏡峰), 탄허(呑虛), 구산(九山), 청화(淸華), 운허(耘虛), 한암(漢巖), 법정(法頂) 등의 스님은 물론 최근 우리들에게 익숙한 법전(法傳), 지관(智冠), 진제(眞際), 자승(慈乘), 무산(霧山), 무비(無比), 지유(知有), 지안(智眼), 법륜(法輪), 수불(修弗), 명성(明星), 일초(一超), 수진(守眞), 월호(月瑚), 도법(道法), 원택(圓澤), 혜민(慧敏) 등과 같은 스님의 법명을 불러보면 크나큰 힘이 전달돼온다.

이름 자체만으로 힘을 주다니! 법명은 단순한 기호가 아니라 마음인 까닭이다. 그것도 눈뜬 자의 본마음이 담긴 것이기 때문이다. 『금강경』은 모든 이름이 지닌 방편성과 허망함을 끝도 없이 알려주고 있지만 이름이 아니라면 어디서 그런 힘이라도

다르마의 축복

느껴볼 기회가 있겠는가.

인간들이 법명을 짓고, 주고, 받고, 부르고, 듣는다는 것은 인간 된 자의 정신과 의식 세계를 최고의 단계로 들어올리는 일이다. 세속의 사사로운 이름을 지우고 진리 그 자체로 다시 태어나 진리의 사람으로 살고자 하는 소망은 인간만이 지닐 수 있는 놀라운 정신적 자질이자 문화적 자질이다.

시간이 날 때 법명들을 모아서 해설해놓은 『법명 해설 사전』을 아무 페이지나 펴놓고 읽어보자. 세상엔 이런 이름들도 있구나, 하면서 법명이 품은 세계 속으로 들어가게 될 것이다. 그리고 법명의 세계를 따라 들어가다 보면 신천지가 전개될 것이다. 법명을 읽은 숫자만큼 신천지의 영역은 넓어질 것이고, 그것을 음미한 수준만큼 신천지의 깊이는 깊어질 것이다.

모든 법명은 우리를 이 언덕에서 저 언덕으로 건너가게 한다. 이 언덕의 믿을 수 없는 삶을 벗어나 저 언덕의 본질적인 삶을 만나게 하고, 이 언덕의 고단한 삶을 벗어나 저 언덕의 기쁜 삶을 느끼게 한다. 그렇다고 해서 우리가 이삿짐을 싸가지고 어디 먼 세계로 아파트를 옮기듯이 이주하는 것은 아니다. 다만 지금, 이 자리에 그대로 있으면서도 다른 눈과 마음을 사용하여 다른 세계를 만나는 것이다. 불교가 그토록 간단하게 요약하여 전해주는 지혜와 자비, 이 두 가지 세계를 증득하여, 발 딛고 서 있는 이 세계를 다르게 보며 사는 것이다. 그렇다고 해도, 우리의 현실적인 삶이 금방 바뀌지는 않는다. 다만 진리의 집적체인 법명을 사유하며 아주 조금씩 달라지는 길을 갈 수 있을 뿐이다.

다르마의 축복

당호(堂號),
도량이 된 거처

　천지가 일가(一家)인데 무슨 이름이 필요하겠는가. 이름을 지어도, 이름을 짓지 않아도 천지는 여여(如如)하다. 이름을 짓는다는 일은 천지 사이에서 벌어지는 인간의 일이고, 이름을 지을 수 있게 된 것은 그 인간들이 언어와 상징을 발명하였기 때문이다. 언어와 상징을 많이 발명하고 사용할수록 인간은 문명과 문화의 세계로 진입한다. 관념의 영역 혹은 환상의 영역이 커진다는 뜻이다. 이런 인간들을 두고 언어놀이와 의미놀이에 사로잡힌 존재라고 규정하면 어떨까?

　이왕 인간들이 이러한 존재라면, 그 이름 속에 인간의 높은 마음 세계가 들어갈 때 그 이름은 인간들에게 기쁨을 준다. 식색(食色)을 위한 싸움과 대결의 낮은 지대에서 이륙하여 잠시나마 천상의 허공을 맛보는 존재가 되는 것이다. 비행기를 타고 하늘로 이륙하듯 이 땅에서의 삶을 잠시 잊고 상승하는 것이다.

사실 집은 인간 몸의 연장이다. 그러므로 집은 인간 몸과 닮아 있고 그래야만 인간살이가 자연스럽다. 사람들은 인간 몸에 이름을 붙인다. 우리들이 달고 있는 이름이 모두 그러한 것이다. 마찬가지로 사람들은 집에 이름을 붙인다. 이른바 택호(宅號)가 생기는 것이다. 청주댁, 서울댁, 보은댁, 부산댁과 같은 이름도 그와 같은 한 예이거니와 근대에 들어와 붙여진 지번이나 아파트의 동호수 같은 것도 택호의 한 예이다.

그러나 이런 이름은 매우 평범하다. 감동을 준다기보다 식별을 위한 정보의 일종이다. 인간들의 언어놀이와 의미놀이는 여기에 그치지 않고 고차원의 언어와 의미를 담아 집의 이름을 짓는다. 이때 집은 문화의 장소요, 철학의 공간이며, 인생론의 세계이다.

다르마의 축복

연경당(延慶堂), 다산초당(茶山草堂), 운조루(雲鳥樓), 여유당(與猶堂), 오죽헌(烏竹軒), 선교장(船橋莊), 열화당(悅話堂), 녹우당(綠雨堂), 일홍당(日紅堂), 석파정(石坡亭) 등과 같은 옛 사람들의 택호나 당호는 물론 우리 문학사 속의 문인들이 붙인 택호나 당호도 삶의 격을 한 차원 높여준다. 만해의 심우장(尋牛莊), 이태준의 수연산방(壽硯山房), 심훈의 필경사(筆耕舍), 미당의 봉산산방(蓬蒜山房), 조지훈의 침우당(枕雨堂), 구상의 관수재(觀水齋), 정진규의 석가헌(夕佳軒), 김영석의 세설헌(洗雪軒), 오탁번의 원서헌(遠西軒), 신달자의 공일당(空日堂), 김용택의 관란헌(觀瀾軒), 장석주의 수졸재(守拙齋), 정찬주의 이불재(耳佛齋), 법정스님의 수류화개실(水流花開室) 등이 모두 그렇다.

집이 이름을 가지면 택호이자 당호로서의 옥호(屋號)가 옥호(玉號)로 변한다. 집은 이제 하나의 정신적 공간이 되는 것이다. 그 이름을 부를 때마다 집은 우리를 격상시키고, 우리는 그 집을 하나의 인격체로 마주하며 존중한다. 그러면서 그 집과 우리들은 하나가 되어 정신적 성숙을 도모해간다.

집이 상품으로 변한 이 시대에, 옥호(玉號)를 말하는 일은 낯설다. 그러나 그 낯섦은 거부감이 아니다. 오히려 그런 세계를 상실한 가볍고 도구적인 삶에 대한 아픔을 느끼는 것이다. 지금은 찻집이 되었지만 이태준의 수연산방(壽硯山房)이 성북동 골짜기에 지어지던 기록을 그의 수필집 『무서록(無序錄)』에서 만나볼 수 있다. 안팎이 온전하게 진선미로만 이루어진 집을 지으려던 그의 미학적인 꿈의 현장은 글을 읽는 내내 마음을 가다듬게 한다.

제3부

열매들,
정진이 만든 보석

초목이 움트고 자라서 마침내 내놓는 한 해의 결과물이 열매
들이다. 열매들은 그것이 어떤 것이든 오랜 시간을 전심전력
으로 통과한 자만이 발할 수 있는 깊고 밝은 빛이 있다. 봄날의
화사한 꽃들도 빛을 뿜어내지만, 그 봄꽃들의 빛은 열매들의
가을빛과 조금 다르다. 봄꽃들의 빛이 청소년의 그것처럼 경쾌
하고 화사하다면 열매들의 빛은 장년의 그것처럼 은은하고 묵
직하다.

이런 열매들 앞에서 우리는 시나브로 '쉼'의 경지를 체험한
다. 쉰다는 것은 우리의 영혼이 존재의 첫 자리인 본처로 돌아

간다는 뜻이다. 첫 자리로 돌아가는 정도가 클수록 우리들의 쉼은 훌륭하다. 잘 쉬었다는 느낌, 존재가 다시 살아난다는 느낌, 삶이란 살 만하다는 느낌 같은 긍정과 생성의 느낌이 심연에서부터 감동과 더불어 짙게 살아나는 것이다.

부연해보자. 열매들 속엔 봄부터 가을까지의 전 시간과 온 삶이 고스란히 깃들어 있다. 싹이 트는 '생(生)'의 어려움과 그럼에도 불구하고 솟구치는 환희심, 그 싹을 키우는 '장(長)'의 무모함과 그럼에도 불구하고 그 속에 담긴 긴 그리움, 그 싹의 무성함을 안쪽으로 감싸고 응결시키는 방향으로 전환시켜야 하는 '수렴'의 단호함과 그럼에도 불구하고 그 안에 깃든 지혜로움 등이 열매들 속엔 남김없이 들어 있는 것이다.

이런 열매들이 내뿜는 빛에 우리는 의사의 처방 없이도 치유된다. 노란 모과는 노란 빛을 환하게, 갈색 도토리는 갈색 빛을 환하게, 푸른 녹두는 녹두 빛을 환하게, 자줏빛 팥알은 자줏빛을 환하게, 하얀 참깨는 하얀 빛을 환하게, 까만 서리콩은 까만 빛을 환하게 뿜어내는 그 열매들의 놀라운 빛 앞에서 우리는 결실만이 줄 수 있는 치유의 시간을 맞이하는 것이다.

열매들이 각각의 빛으로 만과만색(萬果萬色)이라고 부를 만한 놀라운 세계를 창조하는 가을 속에서 인간들은 그 빛을 받으며 의지처가 있는 사람처럼 자신감을 얻는다. 이제 조금 있으면 겨울이 다가오지만 이 열매들이 뿜어내는 빛을 보면서 다가올 겨울의 냉기를 넘어설 수 있을 것 같은 믿음의 힘과 기운을 얻게 되는 것이다.

내 말이 조금이라도 의심스러우면 모과들이 모여 있는 바구니 앞에 서 보라! 도토리 열매들이 수북한 광주리 앞에 앉아보라! 푸른 녹두들이 촘촘하게 몸을 맞대고 모여 있는 자루 속을 들여다보라! 그리고 자줏빛 팥알들이 다정하게 담겨 있는 벽장 속의 오래된 함지박을 넘겨다보라! 그러고도 시간이 남으면 하얀 참깨들이 우아하게 널려 있는 돗자리 옆에 머물러 보라! 또한 까만 서리태들이 한 말도 넘게 수북이 담겨 있는 질그릇 속을 들여다보라! 거기서는 한결같이 열매들만이 뿜어낼 수 있는 오래된 밝은 빛이 나오는 것을 느낄 것이다. 그리고 마음은 아주 밝아지며 평화로워질 것이다.

이런 열매들은 모두 둥근 기운을 품고 있다. 둥글어진다는 것! 그것은 한 존재가 최종지점에서 빚어낼 수 있는 온전한 모습이다. 한 존재가 둥글어지기까지 걸리는 시간과 노력은 엄청나다. 도저히 건너뛰어서는 도달할 수 없는 세계가 그것이기 때문이다.

우리는 알고 있지 않은가. 우리들의 생물학적 나이도 25세 다음에야 반드시 26세가 되고, 세월 또한 7월 다음에야 8월이 오며, 날짜 역시 5월 26일 다음에야 5월 27일이 온다는 것을 말이다. 세상엔 비약이 없다는, 일체의 시간을 다 살아내야만 한다는 인과법과 예외불허의 법칙이 진리처럼 존재하는 것이다. 열매들은 이러한 법칙이자 진리를 말없이 수용하고 성실하게 살아낸 존재들이다. 어떤 것도 사심으로 도모하지 않고 헛된 꿈도 꾸지 않은, 참으로 정도(正道)를 그대로 간 자들의 결실인 것이다. 해마다 가을 열매들 앞에서 마음을 빼앗기는 것은 열매들의 이런 진실성 때문이리라.

다르마의 축복

영(零),
해결되는 기쁨

숫자란 모름지기 인간들이 세상을 분별하고 나눈 데서 비롯된 것이다. 세상에 대한 분별과 나눔이 없었다면 숫자란 애초부터 존재하지 않았을 것이다. 그냥 즉자성 위에서 하나가 되어 살면 되었을 것이고, 세상의 무상성(無常性)과 무아성(無我性)을 직감으로 받아들이면 되었을 것이다.

숫자가 있는 세상은 대립성과 대결성, 냉정성과 타산성, 편리성과 도구성을 도모한다. 시간과 공간이 균질화되고 삶조차도 균질화되는, '평면에의 욕망'에 의하여 지배당한다. 그러나 숫자에 의하여 겨우 존재하는 인간들이 숫자를 포기할 기미는 보이지 않는다. 포기는커녕 그것에 대한 사유를 할 기미조차 보이지 않고, 오히려 숫자에 함몰되어 숫자라는 신을 숭모하는 데로 나아갈 뿐이다.

이런 숫자의 형태를 띠고 있으면서도 일체의 숫자에 대해 모반을 행한 숫자가 있으니 그것이 바로 영(零, 제로)이다. 인도에서 발견되었다고 전해지는 이 영이란 존재를 보면, 숫자의 세계와 숫자 너머의 세계 앞에서 심각하게 고민한 눈 밝은 지혜인들의 고뇌가 엿보인다. 진부한 숫자의 세계를 그대로 따르자니 삶이 척박해지고, 그 숫자의 세계를 무화시키자니 생존이 불가능한 것 같은 인간적 모순을 한꺼번에 본 사람들의 고뇌 말이다.

영이란 존재가 없었다면 어찌 되었을까? 세상은 한없이 세포분열을 하다 말법(末法)시대로 접어들고, 마침내는 자폭해버리는 길을 가게 되었을 것 같다. 나는 이 영이란 존재 앞에서 '명상'을 해본다. 영이란 존재가 주는 명상의 기운은 대단하고, 영에 대한 명상을 마치고 나면 우리의 몸속에 유전자처럼 스며들었던 숫자들의 거센 기운은 순치된다.

영은 세상의 아무리 큰 숫자라도 본래 자리로 되돌리는 강력한 존재이다. 모든 것을 '공성'의 본래 자리로 '리셋' 시키는 파워가 여기에 있다. 어떻게 하면 순식간에 일체를 첫 자리로 환지본처시킬 수 있을까? 세상사가 복잡해지는 날엔 영의 곱셈법과 나눗셈법을 동원하여 환지본처의 신비를 경험할 일이다. 일체의 궁극과 근원을 눈 깜짝할 사이에 몸속에 받아 안는 이 신비, 그런가 하면 그 자리로 스스로를 돌아가게 만드는 이 신비를 경험해볼 일이다.

영이란 존재가 없다면 세상은 도대체 정리될 기미를 보이지 못할 것이다. 그 누가 인간적 셈법에서 벗어나려고 하겠는가 말이다. 그런 점에서 영의 존재는 인간적 셈법 너머에(혹은 이전에) 신의 셈법인 신산법(神算法)과 하늘의 셈법인 천산법(天算法)이 존재했음을 알려주는 신호이다. 이 신호를 읽을 수 있는 사람은 복음을 들은 것과 마찬가지이다. 실제로 이보다 더 큰 복음이 어디 있겠는가.

영이란 존재는 곱셈법과 나눗셈법을 통하여 그 존재를 과격하게 드러내지만 이보다 한 수 위인 것이 덧셈법과 뺄셈법에서 나타나는 것 같다. 누구나 알다시피 어떤 숫자에 영을 더하거나 빼도 그 숫자는 변함없이 그대로이다. 나는 여기서 생각한다. 어떤 존재를 단 하나의 간섭도 하지 않은 채 그대로 둘 수 있는 존재란 얼마나 대단한 경지의 삶을 살고 있는 것인가 하고 말이다. 영은 어떤 존재도 그대로 두고 본다. 아무런 주관적 관여를 하지 않는다. 그야말로 어디에도 다녀온 흔적이 없는 영의 이 고차원적 삶을 어떻게 이해해야 할까? 숫자 영은 만유의 삶을 그대로 인정하는 최고의 방편행(方便行)을 구사하고 있는 것 같다. 다녀갔으면서 다녀가지 않은 중도행(中道行)을 이 땅에서 선명하게 보여주는 것 같다.

다르마의 축복

선원(禪院),
장식을 모르는 삶

이 세상에서 가장 고요한 장소는 선원이다. 산사를 찾아가면 방문객들의 발길을 비켜선 자리에 이국처럼 신선한 선원이 있다. 선원이란 적멸을 사랑하는 이들이 모인 장소, 적멸 그 자체가 되려고 하는 이들이 찾아든 장소, 적멸로 가는 길 이외에는 다른 길이 없다며 주변의 길을 끊어버린 이들이 모인 장소이다.

이런 장소가 고요한 것은 당연한 일이다. 여기서 고요란 외적인 침묵이나 적막한 풍경을 말하는 것이 아니라 마음속의 소란함을 거둬냈거나 그렇게 하고자 하는 이들의 심경(心境)을 가리킨다. 언제나 무사한 자리, 그리고 무심한 자리, 언제나 여여한 자리가 그들의 처소이자 지향점이다. 이와 같은 장소는 욕망의 소음으로 가득한 세간의 풍경과 사뭇 구별된다.

선원은 바라보는 것만으로도 우리 속의 성소인 고요의 자리를 일깨운다. 탕약을 먹은 것처럼 마음이 가라앉고, 서두를 일이 없는 것처럼 발걸음이 느려지고, 애태울 일이 없는 것처럼 묵은 과제가 사라진다. 오직 존재하는 것만으로도 만족스러운 그런 심경, 존재 자체도 버릴 수 있을 것 같은 그런 방심이 순간적으로나마 찾아오는 것이다.

선원엔 최소한의 것만 있다. 단청조차 거부한 무채색의 건물, 조촐한 풀과 나무들로 이루어진 마당, 뜨락에 놓인 흰 고무신 몇 켤레, 그런가 하면 겨우 무릎까지만 가린 척한 대나무 울타리, 누가 들어올려도 상관 없을 만큼 어설프게 가로지른 출입구의 나무 걸개는 일체의 장식성과 공격성을 거둬내고 있다.

장식과 공격이란 무엇인가. 그것은 타인의 눈길을 의식할 때 나타나는 수식어이다. 이와 같은 분별이 불필요할 때, 장식성

다르마의 축복

과 공격성은 나타나지 않는다. 그저 일체(一切)를 일체(一體)로 생각하는 일심(一心)의 표정이 자연처럼 드러날 뿐이다.

선원의 기운은 사찰 전체를 성성적적(惺惺寂寂)하게 만든다. 사찰이 단순한 건물이 아니라 정신의 집임을 끝없이 알려주고 일깨워주는 것이다. 훌륭한 학생들과 석학들이 진리 탐구에 매진해야 대학이 고급한 정신의 전당이 되듯이, 사찰 또한 선원이 살아 있음으로 인하여 공부인의 장이 되는 것이다.

나는 사찰에 가면 선원 앞에서 전율과 감동을 느낀다. 울긋불긋했던 몸가짐이 일순 소박한 절제감으로 수렴되고, 소란했던 마음이 쿵 하는 내면의 소리와 함께 심연의 평평한 곳으로 가라앉는다. 거기서 나는 더 이상 이전 사람이 아니다. 비록 순간이기는 하지만, 내 안에 잠들어 있던 선정과 선심이 살아나는 것이다.

나는 선원을 아득한 그리움의 눈으로 바라보며 발길을 돌린다. 그러면서 이런 명상과 수행의 공간을 만든 사람들에 대한 외경심을 표한다. 오직 진심과 진실 이외의 다른 것을 허락하

선원(禪院), 장식을 모르는 삶

지 않으려는 장소, 그런 장소를 인간들이 꿈꾸고 만들어낸 일은 그야말로 인류사의 발전의 징표이며 인간 문화사와 문명사의 진화의 증거인 것이다. 세상에 선원 같은 곳이 있다니! 선원은 인간이 만든 최고의 공간이자 장소이고 동산이다.

도반(道伴),
한 곳을 보며 가는 길

모든 사람들이 이 땅에서 '도반'으로 살아갈 수 있다면 얼마나 좋을까. 아니 우주 만유가 모두 도반의 관계로 살아갈 수 있다면 얼마나 좋을까. 실은 이 세상의 모든 존재가 탐심에 눈이 어두워 그럴 뿐, 태초부터 지금까지 도반의 관계로 존재해왔고, 지금도 존재하고 있다는 사실을 안다면 얼마나 기쁠까. 인간들이 그토록 그리워하는 천국이니 극락이니 하는 곳은 바로 만유가 도반으로 살아가는 곳이고, 그런 곳을 아는 마음자리가 아닌가.

도반이란 말이 낯설게 들리는가. 참으로 근원이 있는 말이지만 현실언어의 주류에서 밀려났기 때문에 잠시 그렇게 들릴 것이다. 그러나 이 말이 환기시키는 어렴풋한 기운만 느껴도 마음은 한결 높은 차원으로 올라가지 않는가.

'도반'은 '도(道)'를 중심에 놓고 서로 만나면서 살아가는 사람들이다. 우리는 친구니, 친우니, 동무니, 동지니 하는 말들을 쓰기도 하지만 이런 말들은 도반에 비하면 평범한 인간세상의 말들이다. 이해를 위하여 이 도반을 다른 말로 대체하는 것이 필요하다면 '선우(善友)'라는 말을 쓸 수 있을 것 같다. 이때의 벗우(友) 자를 수식하는 '선(善)'이란 글자는 단순히 착하다는 뜻이 아니라 '바름'이라는 뜻이다. 다시 말하면 '깨침'을 지녔다는 뜻이다. 그렇다면 '깨침'이란 무엇인가. 도대체 무엇을 깨쳤다는 말인가. 그것은 '본성'과 '본심' 혹은 '도리'와 '진리'를 보고 있다는 뜻이다.

이런 인간들의 만남과 삶이란 얼마나 아름다울까? 그것은 『논어』의 첫 장인 「학이(學而)」편의 맨 첫 구절에 나오는 "학이시습지(學而時習之) 불역열호(不亦說乎) 유붕자원방래(有朋自遠方來) 불역낙호(不亦樂乎)"와 같은 경지의 만남이자 삶일 것이

다르마의 축복

다. 도를 공부하고 그것을 항상 익히는 자, 그것의 기쁨을 느끼는 자, 그런 자가 먼 곳에서부터 방문하여 함께 도를 논하며 함께하는 기쁨, 이런 정황을 위 구절은 알려주고 있다. 본능적 탐진치에 지배를 받으면서 중생담이나 늘어놓다 마음 상하고 헤어지는 세속의 인간들이 만나는 방식에 비하면 이와 같은 도반들의 만남과 삶은 얼마나 감동적인가.

본능적 탐진치의 다른 이름인 에고와 카르마 덩어리에 사로잡혀 언제나 대립하고 충돌하며 승부를 가르나 실은 서로가 번뇌 덩어리의 패자로 전락하는 세속적 만남의 장에서 위와 같은 도반이자 선우로서의 만남과 삶은 한 줄기 빛이다. 그야말로 세속의 장에서 느끼는 인간적 비애감을 치유하고 거둬내도록 이끄는 선지식 같다.

오늘날 이 지구별에서 살아가는 우리들의 한때가 너무나도 쓸쓸하고 안타깝다. 중생적 만남들로 가득 찬 지구별은 어느 한 곳 예외 없이 지금 무척이나 아프다. 어찌하여 지구별이 이토록 아픈 장소가 되어야 했을까? 어찌하여 이런 아픔을 치유할 수 있는 현실적 방도를 잊은 채 살아가는 곳이 되었을까?

인간들이 눈을 떠야 한다. 에고와 카르마의 감옥에서 탈출하여 삶과 세계의 참다운 이치를 보아야 한다. 그리고 우리들의 만남이 도반의 만남이자 선우의 만남이 되도록 꿈꾸고 노력해야 한다. 말할 것도 없이 이런 일은 참으로 인간사의 난제 중의 난제이다. 그러나 '한 생각' 바꾸면 그곳이 극락이라는 말처럼, '한 생각' 바꾸면 이 난제도 난제만은 아닐 터이다.

여백 1,
그냥 두고 보는 마음

지혜로운 자에겐 천지가 여백이다. 그는 어떤 딱딱한 것들도 공성(空性)으로 만들 도력이 있기 때문이다. 그러나 시간과 공간에 갇혀서 사는 3차원의 범인들에겐 따로 여백을 만들어야 여백이 생긴다. 그들에겐 눈에 보이는 물성의 시간적인 여백과 공간적인 여백이 필요한 것이다.

여백이 많은 사람들이 귀족이고 부자이다. 여백의 총량은 여유의 총량이자 자유의 총량이다. 쓸 수 있음에도 불구하고 쓰지 않는 시간과 공간의 분량이 바로 여백이다. 달리 말하면 탐진치의 지배욕이 개입되지 않은 영역이 여백이다. 인간들의 탐진치가 만드는 지배욕은 끝이 없어서 모든 여백을 틈 없는 검은색으로 물들이고자 한다. 그들은 물러서기보다 지배하고, 비우기보다 채운다. 아니 그냥 두기보다 간섭하고, 보고 두기보다 도모한다. 일체를 자기 쪽으로 끌어들여 탐진치의 지배적 독소로 채운다.

세속적인 문명의 발달은 이 여백의 줄어듦과 동행한다. 세속인들의 문명이란 그들의 욕망을 누적시킨 것이요, 그 욕망이 커지면 커질수록 여백은 줄어들고 마는 것이다. 물리적인 여백은 말할 것도 없거니와 심리적인 여백 또한 줄어든다. 온통 세상 전체를 창고로 만들 작정인 것처럼 그들은 욕망의 플러스 방향만을 지향하며 누적의 키를 키우는 것이다.

지구별은 지금 여백이 없다. 거대도시 서울을 보라. 여백이 없다. 어디 서울뿐이겠는가. 지방의 작은 읍내조차도 여백을 상실해가고 있다. 어디서나 사람들은 오직 채우고자 할 뿐이다. 채움의 끝에서 질식사할지라도 그들은 채우는 경쟁에서 물러나지 않는다. 그들은 극단까지 가야만 무엇인가를 깨달을 사람들처럼 무리를 이루어 채우기 경쟁으로 밤낮을 가리지 않고

다르마의 축복

질주한다.

가득 채운 곳에서 사람들은 짐들의 무더기 사이를 간신히 빠져 다니는 사람들처럼 위축된 삶을 산다. 이제 채운 짐들이 주인인 것이다. 집안에 여백보다 물건이 많아 집인지 창고인지 구별이 안 되는 경우처럼, 인간의 마을 전체에 인공의 물건이 차고 넘쳐서 마을 전체가 대형 창고 같다. 사람들은 그 대형 창고 사이에서 겨우 숨 쉬고 보행하며 잠을 잔다.

나는 여백이 있는 방과 집, 여백이 살아 있는 마을과 도시, 여백을 가꿀 줄 아는 나라와 지구별을 꿈꾼다. 최소한의 물건들만 적소에 놓여 있는 방과 집, 마을과 도시를 자신의 집과 마당보다 먼저 생각하며 양보하는 인간들의 공동체, 나라가 여백을 장려하고 인류가 여백을 아끼는 지구별의 삶과 풍경을 생각하는 것이다. 그리하여 여백 위에서 숨을 쉬고, 여백에 의지하여 뭉친 어혈을 풀고, 여백 앞에서 본능의 횡포를 순화시키는 그런 삶과 인간을 보고 싶은 것이다.

여백이 많고 그 여백을 존중하는 곳에선 사람들의 표정이 한

층 평화롭고 행복할 것이다. 그리고 사람들 간의 긴장과 대립
도 아주 크게 줄어들 것이며 이 지구별에 온 보람을 작게나마
느낄 것이다. 또한 인생이 고해라는 식의 비관적 인간 규정도
조금은 줄어들 것이다. 다시 부연하자. 여백이 인간을 치유하
고, 여백이 인간을 가르칠 것이며, 여백이 인간을 고양시킬 것
이라고 말이다. 여백은 인간과 인류의 삶의 질을 측량할 수 있
는 시금석이다.

다르마의 축복

여백 2,
출가자의 마음

두 사람이 한 발자국씩 양보하니 두 발자국의 여백이 생겼다. 한 집에서 한 평씩 양보하니 두 평의 마당이 생겼다. 한 마을에서 한 논배미씩 양보하니 작은 공원 하나가 생겼다. 한 도시에서 큰 공원 하나씩을 내놓으니 대공원 하나가 번듯하게 생겼다.

집집의 창문마다 꽃들을 내놓으니 마을 전체가 꽃밭으로 변했다. 가정마다 울타리를 허물었더니 한 가정의 넓이가 마을 전체와 동일하게 되었다. 집집마다 주차장을 제일 먼저 집 안에 만들었더니 마을의 도로가 바람 길처럼 막무가내로 시원해졌다. 서로에게서 아무것도 빼앗으려 하지 않으니 마을 사람들의 삶이 온종일 무사하고 일 년 내내 태평하다.

사람은 여백을 필요로 한다. 어디 사람뿐일까. 모든 생명체들은 다 여백을 필요로 한다. 노자의 빈 그릇 같은 여백, 그가 주장하는 무위의 여백이 필요한 것이다. 그런 여백을 물리적으로나 심리적으로 만들지 않으면 인간을 포함한 생명체들은 제정신을 차리기가 어렵다.

여백은 본심의 자리에서 만들어지는 것이다. 본심의 자리에 가까이 가는 삶이자 행동일수록 여백의 창조가 대단해진다. 본심이란 일체(一切)를 일체(一體)로 보는 일심(一心)의 마음이다. 불교식으로 말하자면 아견(我見), 아애(我愛), 아만(我慢), 아치(我癡)라는 단절된 자아의식을 넘어서는 마음이다. 이것을 『금강경』식으로 바꿔 표현하면 자아의식을 넘어설 때 '여래(如來)'라는 대여백이자 대허공을 만날 수 있다는 것이다.

우리의 삶은 단절된 자아의식의 다른 말인 아상 때문에 초라해진다. 아상이 강하면 강할수록 삶의 번뇌는 커지고, 삶의 모

다르마의 축복

습은 급이 낮아지며, 승리했다고 말하지만 실은 패자의 삶을 사는 이율배반의 역설 속에 놓이게 되고 만다. 아상은 소유가 삶의 목표이다. 이것은 여백을 지배하려는 마음이다. 불교의 기본 계율인 오계(五戒)가 실은 소유의 비인간성을 알려주는 것이라면 아상은 바로 이 오계의 계율을 범하고자 하는 마음이다.

우리는 제 육신 하나도 있는 그대로 두고 보지 못하여 이름을 붙여야 마음이 놓인다. 그리고 그 이름에 집착한다. 그뿐인가. 우리는 이 세상의 어떤 풍경 하나도 그대로 두고 보지 못하여 해석놀이에 열중한다. 그리고 그 주관적 해석을 놓고 서로 논박하며 생을 소모한다. 또한 이뿐인가. 우리는 모든 시간과 공간에 이름표를 붙이고 그 시간과 공간을 사고 팔며 승부를 가르느라 밤을 새운다.

이런 삶을 가뿐하게 뛰어 넘는 방법이 하나 있다. 비방(秘方)처럼 전해오는 이 방법은 출가를 하는 것이다. 그것이 심출가(心出家)이든 신출가(身出家)이든 일단 출가를 하는 일은 삶 전체를 여백으로 만들고자 하는 대발심의 구체적 실현이다. 출가란 어떤 것도 소유하지 않음으로써 삶 전체를 여백 그대로 두고 향유하고자 하는 것이다. 물론 그것은 일시에 성취될 수 있는 것이 아니지만 그 길을 향하여 발걸음을 옮기고자 하는 꿈의 발현은 너무나도 귀하다.

이런 출가자의 마음을 가장 잘 보여준 법명이 있다. 허공을 마신다는 뜻의 '탄허(呑虛)'가 그것이다. 세계 전체를 허공으로 만들 수 있는 능력, 그 허공만을 마시며 살겠다는 원력이 이 법명 속에 있다. 여백의 실상과 가치를 이만큼 깊이 본 이의 법명도 달리 없을 것이다.

다르마의 축복

휴일,
본심자리에 머무는 시간

휴일은 '쉬는 날'이다. 달력을 보면 일주일에 한 번씩 일요일을 휴일로 표시해놓았고, 의미 있는 날을 휴일 혹은 기념일이라고 정하여 붉은색을 칠해놓았다.

휴일은 무엇보다 생존을 위한 일이자 노동에서 해방되는 날이다. 일이라는 게 도대체 무엇이기에 이처럼 휴일과 상대적인 지점에 있는 것일까? 여기서 일의 불가피성, 도구성, 타율성, 효율성, 탐욕성 등을 생각해본다. 일이란 일차적으로 인간 존재의 의식주를 해결하기 위한 인간적 운명의 영역에 속하는 것이지만, 그것은 여기서 멈추지 않고 사회성과 욕망의 성품을 담고 있다.

이런 사정이니 일로부터 해방된 휴일 앞에선 호흡이 느려지고 맥박이 여유로워지며 온몸이 허허로워진다. 모처럼 본향에 들어서는 느낌 같은 것이 찾아온다. 인간들은 일이 없으면 살 수 없지만 일만으로도 살 수 없는 양면적 존재인 것이다. 특히나 도구적이고 타율적인 일들이 지배적인 시대에 인간에겐 그것을 상쇄할 만큼의 휴식이 필요하다.

천지는 이것을 알았는지 우리에게 밤이라는 시간을 마련하여 '쉬는 시간'을 준다. 누구에게도 이 밤은 공평하게 주어지고, 그 누구도 이 밤이 제안하는 휴식을 거부할 수 없는 생물학적 특성을 지니고 있기에 밤이 있다는 것은 축복이다.

그러니 우리는 공식적인 휴일이 오기 전에 이미 날마다 밤의 시간 속에서 휴일을 맞이하는 셈이다. 일과 휴식의 균형을 들숨과 날숨처럼 하루 속에서 취하고 있는 것이다. 밤엔 아무리 번뇌가 많은 사람이라도 휴식이 꿈꾸는 저 본성의 자리나 그 근처로 돌아갈 수밖에 없다. 죽었다 다시 살아난다고 할 때의

다르마의 축복

그 죽음과도 같은 본성의 자리, 최초의 자리로 저항할 수 없는 힘에 이끌리어 귀가하는 것이다.

쉬는 날은 이처럼 본성의 자리이자 최초의 자리로 돌아가는 날이다. 생존욕과 생존 카르마, 사회적 승부욕과 세속적 탐욕 등에 사로잡혔던 일과 노동의 시간을 마감하고 무(無)의 자리이자 허(虛)의 자리, 공(空)의 자리이자 무상(無償)의 자리로 되돌아가는 날이다. 내가 본래 있었고, 지금도 있지만 잊고 있는 자리, 그 자리로 되돌아가 나의 본모습을 찾는 날이다.

우리 시대의 소중한 동양학자이자 칼럼니스트인 조용헌 선생은 그의 집필실 이름을 '휴휴산방(休休山房)'이라고 정하여 현판을 붙였다. 그리고 그는 세상의 명당 가운데 명당들을 '휴휴명당(休休明堂)'이라 칭하며 글을 쓰고 저서를 출간하였다. 그러나 조용헌 선생이 이런 이름을 짓고 글을 쓰며 '쉬는 일'의 중요성을 역설하기 이전부터 우리 문화의 전통 속에서는 휴휴암(休休庵)이니 휴휴정사(休休精舍)니 하며 사찰 이름에 '휴'라는 말을 심각하게 쓰는 일도 있었고, 휴심정(休心亭)이니 휴정서원(休亭書院)이니 하며 정자나 서원에 '휴'라는 말을 애정을 담아 쓰기도 하였다.

쉰다는 것은 일차적으로 몸을 쉬는 일이다. 그러나 실제로 쉰다는 것은 마음을 쉬는 일이다. 마음을 쉰다는 것은 이른바 '무기공(無記空)'의 상태로 무력해지고 허무해진다는 것이 아니라 도구적인 사심을 자각 속에서 내려놓고 청정한 본심자리로 돌아가 머문다는 뜻이다. 그곳은 기독교의 하나님이 돌아오기를 바라는 자리요, 붓다가 '멈춘 자'로 살기를 바라는 자리이며, 노자가 이름 붙일 수 없다고 곤란해하던 '도덕(道德)'의 자리이다.

다르마의 축복

하지(夏至) 저녁,
방심해도 좋은 시간

엊그제가 하지였다. 일 년 중 낮이 가장 긴 날이다. 이런 하지 날엔 낮 시간이 낯설 만큼 긴 데서 오는 비현실적인 느긋함과 환상 같은 평화가 있다. 100퍼센트의 분량이 아닌 120퍼센트쯤 되는 분량을, 계산 너머의 마음으로 풍성하게 베풀어놓은 것 같은, 후덕함과 자비로움의 기운이 여기에 배어 있다.

이런 하지 저녁엔 만사를 천천히 생각하며 방심하듯 일체를 내려놓고 있어도 좋을 것만 같다. 혼자 있는 사람은 그 혼자만의 리듬과 방식으로, 둘이 있는 사람은 그 두 사람이 만든 리듬과 형식으로, 여럿이 있는 사람은 그 여럿이 만든 리듬과 형태로 재촉하지 않는 시간을 누구도 의식하지 않은 채 즐겨도 좋을 것 같다.

하지 저녁의 이런 특별함 때문인지 하지제(夏至祭)도 있다. 하지를 맞이하여 축제를 벌이는 것이다. 축제란 그 사회적 정치성을 배제하고 보면 인간들이 천지자연의 본모습으로 돌아가려는 행위이다. 그리하여 첫 자리에서 흠나지 않는 삶을 살아보고 싶은 것이다.

하지제 땐, 집단과 공동체가 함께 의식으로 치러도 좋지만 혼자서 그 제의를 즐겨도 좋다. 마당이나 정원에 평상 하나쯤 내놓고 그 위에 앉아 여름 바람의 싱그러움을 느껴보는 것, 서서히 깊어지는 어둠 속에 그대로 존재를 온전히 맡겨보는 것, 하늘의 별들이 나타나고 사라지며 빛나는 풍경을 동경 어린 눈으로 바라보는 것, 멀리서 들려오는 개구리 울음소리를 감동으로 받아 안아보는 것, 조용히 다녀가는 들고양이와 옆 산에서 울어대는 고라니 울음소리를 사랑해보는 것, 밤이면 꽃잎을 오므리고 고요히 잠든 이런저런 꽃들을 지켜보는 것 등이 혼자서 즐길 만한 하지제의 목록들이다.

다르마의 축복

저녁 늦게 하지제를 마치고 방으로 들어가면 이제 지구별은 전환점을 맞이한 듯 어둠의 음기(陰氣)를 키워간다. 밤의 시간을 조금씩 더 늘리며 낮의 시간을 그에 비례하여 줄여가는 것이다. 이 늘림과 줄임 혹은 줄임과 늘림의 법칙은 너무나도 정확하고 공의로워서 누구도 이 사실 앞에 이의를 제기할 수가 없다. 늘어난 것을 줄이고, 줄어든 것은 늘리며 세상의 균형을 잡아간다는 이 사실에 어떻게, 누가 이의를 달 수 있겠는가. 오직 보일 수 있는 반응이 있다면 놀라움의 마음뿐일 것이다.

하지 때까지 잘 지냈으면 한 해의 절반을 잘 지낸 셈이다. 동지에서 시작하여 점점 해가 길어지는 것에 따라 우리의 몸과 삶이 잘 적응하며 이곳까지 무사히 도착한 것이다. 그 무사히 도착한 지점에서 낮의 길이는 더 이상 길어질 수 없는 데까지 자신의 에너지를 늘리며 자신을 허락한 것이고, 우리는 이런 날을 하지라 부르며 잠시 쉼의 축제를 가졌던 것이다.

'하지제'라는 제목의 시집을 낸 시인도 있다. 홍윤숙 시인은 1978년도에 제6시집 『하지제(夏至祭)』를 출간하였다. 그리고 「하지절」이라는 작품을 쓴 시인도 있다. 박두진 시인은 1977

년도에 출간된 제 11시집 『야생대(野生代)』 속에 이 「하지절(夏至節)」이라는 작품을 수록하고 있다. 이들뿐이 아니다. 시인들에게 하지는 한 번쯤 속 깊이 만나 예술로 승화시키고 싶은 절기인 듯하다. 앞의 두 시인만큼 유명하지는 않지만 홍해리, 김수우 등도 하지를 시로 정성껏 그려내고 있다.

　　　　　　　　　　　　　　　　다르마의 축복

정자(亭子),
유토피아의 작은 원형

 안과 바깥, 인간과 자연, 채움과 비움의 '사이'를 그리워하는 마음이 정자를 짓게 한다. 그러나 정자도 하나의 인공물인지라 그 정자를 지은 주인이나 건축인의 마음 수준에 따라 미학과 반미학, 호감과 거부감, 조화로움과 이질감의 양극단을 경험하게 한다.

 모든 인공물은 인간 욕망의 산물이다. 그러므로 아주 적절한 인간의 욕망만을 허락받는 수준으로 인공물을 만들지 않는다면 그것은 천연의 온전한 풍경을 깨뜨리고, 알 수 없는 거부감을 일으키며, 장애물과 같은 이질감을 느끼게 한다.

선비들의 혼이자 한국인의 혼이 담겼다고 칭송되는 정자 또한 그러하다. 정자는 상상만으로도 낭만적이고 귀족적이지만 거기에 담긴 혼의 정도와 장인의 수준에 따라 정자가 주는 미감과 감동은 천차만별인 것이다. 이른바 탐진치가 정화된 정도와 건축 기술의 미학적 수준에 따라 정자의 품격이 결정되는 것이다.

그러니 오래된 정자라고 해서, 또 전통 속의 정자라고 해서 모든 정자가 다 귀하고 아름다운 것은 아니다. 하지만 나는 개인적으로 정자들을 볼 때마다 그 정자에 붙여진 이름에서만은 거의 예외 없이 묘한 전율과 인간적 격조를 느낀다. 현실의 삶은 비루해도 마음만은 이상 세계를 그리워하는 인간의 무구한 본성품이 여기에 담겨 있기 때문이 아닌가 한다.

정자의 이름들을 무작위로 열거해본다. 여러분들도 한번 음미해보시기 바란다. 이들을 눈으로 가볍게 읽어내려가기만 해도 묘한 일심의 기쁨이 느껴질 것이다 : 추월한수정(秋月寒水亭), 노송정(老松亭), 뇌룡정(雷龍亭), 황강정(黃江亭), 백운정(白雲亭), 군자정(君子亭), 겸암정(謙菴亭), 연좌루(燕坐樓), 원지정(遠志

亭), 광풍정(光風亭), 제월대(霽月臺), 삼가정(三檟亭), 청원루(淸遠樓), 호와정(壺窩亭), 읍호정(挹湖亭), 삼귀정(三龜亭), 근암정(近庵亭), 초간정(草澗亭), 만화정(萬和亭), 청암정(靑巖亭), 영귀정(詠歸亭), 척서정(陟西亭), 만귀정(晚歸亭), 강호정(江湖亭), 수운정(水雲亭), 옥간정(玉磵亭), 산수정(山水亭), 자연정(玆焉亭), 계정(溪亭), 하목정(霞鶩亭), 쾌재정(快哉亭), 무우정(舞雩亭), 용계정(龍溪亭), 사우정(四友亭), 이의정(二宜亭), 오의정(五宜亭), 난고정(蘭皐亭), 와룡정(臥龍亭), 경정(敬亭), 청계정(淸溪亭), 연강정(練江亭), 직하정(稷下亭), 군자정(君子亭), 거연정(居然亭), 채미정(採薇亭), 관해정(觀海亭), 매학정(梅鶴亭), 용호정(龍湖亭), 덕봉정(德峯亭), 수재정(水哉亭), 오연정(鼇淵亭), 반계정(盤溪亭), 관란정(觀瀾亭), 삼수정(三樹亭), 경렴정(景濂亭), 칠탄정(七灘亭), 창암정(蒼巖亭), 취규정(翠虯亭), 은구정(隱求亭), 관가정(觀稼亭), 이휴정(二休亭), 해암정(海巖亭), 재천정(在川亭), 옥연정사(玉淵精舍), 경포대(鏡浦臺), 의상대(義湘臺), 청간정(淸澗亭), 활래정(活來亭), 죽서루(竹西樓), 만대루(晚對樓), 입암정(立巖亭), 청간정(聽澗亭), 방호정(方壺亭), 강월헌(江月軒), 화석정(花石亭), 반구정(伴鷗亭), 금수정(金水亭), 망원정(望遠亭), 경렴정(景濂亭), 금선정(錦仙亭), 학사루(學士樓), 동호정(東湖亭), 농월정(弄月亭), 향원정(香遠亭), 풍영루

(風詠樓), 광풍루(光風樓), 가선정(駕仙亭), 도계정(道溪亭), 병암정(屛巖亭), 용암정(龍巖亭), 관수루(觀水樓), 요수정(樂水亭), 덕봉정사(德奉精舍), 심수정(心水亭), 취가정(醉歌亭), 취로정(翠露亭), 반송정(盤松亭), 귀애정(龜厓亭), 면앙정(俛仰亭), 침수정(枕漱亭), 팔우정(八又亭), 칠인정(七印亭), 월송정(月松亭), 망양정(望洋亭), 작천정(酌川亭), 옥간정(玉磵亭), 이락당(二樂堂), 용계정(龍溪亭), 삼족대(三足臺), 선일대(仙逸臺), 제월당(霽月堂), 환벽당(環璧堂), 식영정(息影亭), 송강정(松江亭), 분옥정(噴玉亭), 귀래정(歸來亭), 관어대(觀魚臺), 이견대(利見臺), 종오정(從吾亭), 일제당(日躋堂), 조양각(朝陽閣), 영남루(嶺南樓)…….

물론 이름보다 실물이 더 아름다운 정자도 있겠지만, 실물보다 이름이 더 수준 높은 정자도 있을 것이다. 이것은 말이 가진 힘 때문이다. 말은 단순한 기호가 아니라 그 순간, 그가 작동시킨 마음의 물질화인 것이다.

시간이 나면 정자에 앉아 풍경과 하나가 되어볼 일이다. 그러다가 마음이 깊어지면 천지와 하나가 되어 볼 일이다. 그러다가 다시 시심이 작동하면 시도 한 편 창작해볼 일이다. 그러다

　　　　　　　　　　　　　　　다르마의 축복

가 세상일을 잊게 되면 출가자의 마음도 헤아려볼 일이다.

[부기] 위의 정자 이름은 이갑규, 김봉규, 김신곤이 함께 저술한『한국의 혼 누정』(민속원, 2015)과『경북일보』에 '정자'라는 제목으로 정자에 대해 연재하고 있는 김동완의 글을 참고하여 열거한 것이다. 정자에 대한 이분들의 지식과 애정은 달리 이분들의 책과 글을 통하여 만나볼 필요가 있다.

성신(星辰),
먼 곳이 주는 축복

밤하늘의 별들을 보고 단 한 번도 반가운 마음, 놀라운 마음, 다정한 마음, 그리운 마음, 신성한 마음, 아스라한 마음을 가져보지 않은 때가 없다. 매일 밤 뜨는 별들이지만 그 별들을 볼 때마다 이런 우호적이고 사랑스럽고 감탄스러우며 감동과 영성을 느끼게 하는 기운이 변함없이 찾아온다.

참으로 이상한 일이다. 별들의 그 무엇이 인간들에게 이토록 놀라운 느낌을 자아내는 것일까. 짐작건대 이 세상 그 누구도 별들에 대한 부정적 감정을 가지고 살지는 않을 것이다. 그것은 왜일까?

200

별들이 빛나기 때문일까? 아마도 그럴 것이다. 별들은 빛나는 광명의 우주적 식구들이다. 어떤 것이든지 그 존재가 빛난다는 것은 존재의 맑고 밝은 심연이 진실하게 드러나는 것이다. 별들의 빛남엔 이런 모습이 고스란히 들어 있다.

별들이 먼 곳에 있기 때문에 사람들은 순정하게 환호하는 것이 아닐까? 그것도 그럴 것이다. 먼 곳은 우리가 알 수 없는 이국적인 세계이자 때묻지 않은 시원으로 상상된다. 사람들은 이와 같은 먼 곳이 있음으로써 꿈과 희망을 펼치고 생명감을 키운다. 그러니 먼 곳이 없는 사람과 먼 곳이 없는 세상은 위태롭다.

지금 우리가 살고 있는 지구별 내에서는 이전과 달리 아득한 먼 곳이 거의 다 사라져버렸다. 세계가 평평하다고 말할 만큼 지구별은 고유의 입체성을 상실한 채 평면화되었고, 교통수단과 미디어의 발달로 인하여 지구별의 모든 곳은 금세 알아볼 수 있고 가볼 수 있는 지배 가능한 땅이 되었다. 마치 도가철학의 경전인 『장자』에서 남해의 왕 숙과 북해의 왕 홀이 중앙의 왕 혼돈에 남김없이 구멍을 뚫어 문명화(질서화)함으로써 혼돈을 죽게 만든 것처럼, 지구별엔 남아 있는 먼 곳(혼돈)이 없다. 지구별의 인간들이 질병을 앓는다면 그 원인 중의 하나는 이 '먼 곳'이 존재하지 않는다는 사실이다.

먼 곳이 가슴속에 내재하지 않는 인간들에게 아직도 밤하늘의 별들은 남아서 '먼 곳'에 대한 결핍감을 충족시켜준다. 참으로 먼 곳이어서 가볼 수도, 알아볼 수도, 소유할 수도 없는 그 별들의 나라인 '혼돈의 세계'가 원시의 야생적 기운을 마음껏 받아 안을 수 있게 하는 것이다. 그러니 밤하늘의 별들은 인간들이 어찌해볼 수 없을 만큼 먼 곳에 영원토록 존재해야 할 것이다. 그래야 인간들은 건강하게 숨을 쉬며 살아갈 수 있을 것이고, 별들에 대한 사랑과 경외감, 동경과 이끌림도 태초의 시간에 그랬듯이 영원까지 사라지지 않을 것이다.

별들은 이처럼 먼 곳에서 빛나기에 우리를 돕고 살아가게 만든다. 별들이 보내는 진심의 빛, 별들이 뿜어내는 먼 곳의 환상이 우리를 구원해주는 것이다. 또한 이런 별들의 공로로 한 가지 더 들 수 있는 것은 그 수를 헤아리는 것이 불가능할 만큼의 무한수로 그들이 빛나고 있다는 것이다. 별들의 그 무한수와

다르마의 축복

무한성 앞에서 우리는 협소한 인간적 숫자와 시공간의 답답함을 자발적으로 허물어버릴 수 있고, 그 별들의 무한수와 무한성으로 인하여 지구별 너머의 화엄우주를 상상해볼 수 있다.

'물의 책',
쓰지 않는 기쁨

글자와 책엔 인간의 영생에 대한 소유와 지배의 욕망이 들어 있다. 인간이 아닌 그 어떤 존재가 글자와 책을 만들어 유통시키면서 그것에 대해 애착을 보이고, 그것을 도서관에까지 보관하여 당대 사람들은 물론 후손에게까지 읽히며 영생의 끈을 이어가려 들겠는가. 그러나 모든 만들어진 것은 해체되는 것이 진리의 성품인지라 인간들의 욕망이 소유하려는 글자와 책의 시공간은 제한적이고 엉성하다.

그렇더라도 글자와 책은 인간문명과 문화를 만들어냄으로써 인간들을 지구별 속에서 남다른 실력과 능력을 갖춘 존재로 변

다르마의 축복

화시켰다. 인간들은 두뇌의 용량이 급속도로 커지고, 그 성능이 놀랄 만큼 좋아지고, 이로 인해 지적 자부심이 자만심으로까지 이어지는 자아 팽창과 신분 상승을 경험하게 되었던 것이다.

지금도 글자와 책은 인간종과 그 사회의 우월지표이다. 글자와 책을 지배할 수 있는 사람들이 대접을 받고 그것을 위하여 인간들은 개체로나 집단으로나 전심전력을 기울이며 노심초사한다. 글자와 책은 지금도 계속 창조되고 유통되며 인간사의 욕망을 경영하고 확장시키는 주인공인 것이다.

이런 인간적 현실 앞에서, 글을 쓰고 싶을 땐 강가로 나가서 흐르는 물 위에다 손가락으로 글을 쓰던 다올 씨를 이야기하고(「물 위에 쓰는 우화」), 물의 책엔 아무것도 씌어 있지 않아야 하고 물의 책은 펼치는 순간 즉시 손가락 사이로 물이 빠져 나가 부재가 되어야 한다고 역설하며(「물의 책」), 물이란 자서전 따위엔 관심도 없는 듯 첫 장도 마지막 장도 없이 흘러가고 있다면서 물의 알 수 없는 비의이자 비경을 들려주는(「물의 자서전」) 시인이 있다. 그가 바로 최승호 시인이다. 이와 같이 문자와 책을 무위와 허공의 자리로 돌리고 싶어 하는 그의 마음은 '물 위의 글쓰기'라는 대제목을 붙이고 네 권의 시집을 기획했을 때 절정을 이룬다. 『달마의 침묵』, 『어린 장자』, 『노자의 여행가방』, 『성 프란치스코의 슬픔』이 그 네 권의 시집 제목인데 최승호는 『달마의 침묵』한 권만 출간하고(1998) 아직 나머지 세 권을 선보이지 않고 있다.

나는 그의 '물의 책' 혹은 '물 위의 글쓰기'라는 담론에 기대어 다음과 같은 상상을 더해본다. 아마도 최고의 필자는 아무 것도 쓰지 않는 사람일 것이다. 만약에 무엇이라도 쓰고 싶다면 흐르는 강물이나 불어오는 바람 같은 데에 손가락으로 한두 글자나 적어보고 돌아오는 사람이 그 다음 급일 것이다. 그래도 마음이 차지 않으면 흙 위에 낙서하듯 몇 마디 적어보고 발로 휙 지우곤 집으로 돌아오는 사람이 상수일 것이다. 이런 고수나 상수의 반열에 끼일 수 없다면 책을 내거나 글을 쓰곤 아예 무명작가가 되기를 자처하는 사람이 지혜인일 것이다. 그렇게 해도 허전하다면 글을 쓰거나 책을 내기는 하되 그 제목조차 까맣게 잊고 사는 사람이 자유인의 근처에라도 갈 수 있을 것이다.

다르마의 축복

나의 이런 말이 독자들에게 잘 전달될지 모르겠다. 아마도 전달이 잘 될 것이라 기대한다. 그러면서 글자와 책조차 무상성에 맡기는 해방감을 독자들이 느끼게 되었으리라 기대한다. 외람된 말이지만 무상성을 알고 체득하면서 세상을 수용할 때 우리의 존재와 삶은 참으로 가벼워진다. 그때 우리는 어떤 인간적 업적물에도 집착하며 연연해하지 않고, 영생할 듯한 착각 속에서 극단적으로 이전투구하는 현실과 세상으로부터 한걸음 물러설 수 있다. 물론 생은 여전히 즉각적인 현실이고 마음은 구름처럼 부유하는 추상의 세계인 것을 잊고 있는 것은 아니다. 또한 이런 말조차 문자와 책으로 전달해야 하는 인간조건의 역설을 기억하지 못하는 것도 아니다.

공양(供養),
밥이 법이 되는 신비

　어디를 가나 '밥'이 문제이다. 인류사는 밥의 문제를 해결해 나온 역사라 해도 과언이 아니며, 한 개인의 인생사 또한 이 밥의 문제를 중심에 두고 전개되었다 해도 과언이 아니다. 인류사와 개인사뿐만이 아니다. 우리가 발을 딛고 사는 대한민국의 역사를 돌이켜보아도 밥의 문제를 해결하는 것이 과제였으며 이 밥의 문제는 1970년대에 들어와서야 겨우 해결되었다. 그것도 생물학적 차원에서의 최소한의 해결일 뿐, 심리적, 사회적 차원에서의 밥의 문제는 그 이후에도 미해결의 상태였으며 이런 상황은 지금까지도 동일하다. 밥의 문제는 인간종이 상상할 수 없는 차원으로 질적 도약을 하지 않는 한 앞으로도 여전히

　　　　다르마의 축복

그들을 고단하게 만드는 제1원인일 것이다.

21세기가 이미 꽤 진행된 이 시점에도 사람들은 서로 만나면 '점심 잡수셨습니까?' 또는 '식사하셨습니까?'와 같은 말로 인사를 자주 나눈다. 인사말 치고는 생존 감각의 저변을 건드리는 것 같아 좀 듣기에 거북할 때가 있다. 그러나 이런 인사법은 여전히 우리들의 삶 속에 깊이 들어와 있으니 이런 인사법의 효용성은 아직도 건재해 있는 셈이다.

다들 아시겠지만 목숨을 가진 생명들은 모두 목숨을 가진 다른 생명들을 죽여서 먹음으로써만이 자신의 생명을 이어갈 수 있다. 우리는 하루 세 끼의 식사 때마다 벼를, 배추를, 멸치를, 새우를 죽여서 먹고 살아간다. 이 엄청난 모순과 아이러니, 아니 비극을 인지하는 일도 어렵지만 그것을 수용하는 일은 더욱 어렵다. 그러나 이것은 피할 수 없는 현실이다.

그런 점에서 밥의 문제를 해결하는 일은 단순한 생존의 차원에 그치지 않는다. 사유할 수 있는 인간에게는 이 밥의 문제를 법(진리)의 문제로 바꾸는 일이 절실한 과제인 것이다. 말하자면 인간들이 밥을 먹는 일이 단지 생명 유지를 위한 이기적이고 탐욕적인 행위에 그치는 것이 아니라 '법'의 발견과 실천을 위한 고귀한 행위라는 통찰로 이어지게 하는 일이 필요한 것이다. '공양'이란 바로 이 밥의 문제를 법의 문제로 바꾸는 영성적, 우주적 안목이자 실천이다. 그것은 밥을 먹는 일을 우리 안에 내재해 있는 법성에 대한 경외와 그 법성의 실천을 위한 '거룩한 일'로 보는 것이다. 이런 견지에서 불가의 구성원들은 밥을 먹는 일을 가리켜 '공양'한다고 생각하며 표현한다. 그들은 아주 고차원의 '발우 공양'이라는 공양 의식까지 만들어 행하면서 밥을 먹는 일을 법성의 구현 행위로 성화시키고 있다. 기독교 구성원들의 성찬식도 이런 행위의 일종이다. 예수의 피(포도주)를 마시고 살(빵)을 먹음으로써 세속의 밥 문제를 신성의 법 문제로 전변시키는 것이다.

그런데 '공양하셨습니까?'라는 말을 들으면 '식사하셨습니까?'라는 말을 들을 때와 달리 송구스럽고 멋쩍은 마음이 사라지지 않는다. 법성의 본처에 가 닿지 못한 채, 그리고 법성의 구현을 제대로 이루어내지도 못하면서, 이른바 '살생 행위'인 식사 행위를 '공양'이라는 엄청난 말로 덮어버린 것 같은 느낌

다르마의 축복

이 들기 때문일 것이다.

참말로 고승들의 말씀처럼 이 땅에서 '밥값' 하기가 쉽지 않다. 인간으로 태어나 '밥값'이라도 하고 떠나면 이번 생에 온 보람이 있는 셈일 터이나 그것이 난제이다. '밥값'은 고사하고 하루 세끼를 빠지지 않고 차려 먹으면서 그 에너지로 중생심 가득한 범속한 일이나 하다가 세월만 보내니 갚아야 할 '밥값'은 자꾸만 빚으로 누적되어 불어날 뿐이다.

'공양'이라는 이 신성하고 아름다운 언어를 우리들의 나날 속에서 살려내고 싶다. 그 언어가 살아나면 그 마음도 살아나지 않겠는가 하는 작은 바람도 가져본다. 사리를 따져보면 그 마음이 살아나야 그 언어가 살아나는 것이겠지만, 급한 대로 언어만이라도 살려내서 사용하다 보면 우리들의 본마음도 조금씩 살아날 것이라는 생각을 떠올려 본다.

공양(供養), 밥이 법이 되는 신비

만다라,
온전하고 원융한 마음

진리의 참모습을 그려 보이고 싶은 사람들이 만다라를 만든다. 세상에 참으로 아름다운 진리의 화엄세계가 장엄되기를 꿈꾸는 사람들이 만다라를 그린다.

원융하여 아무런 문제도 지니고 있지 않은 온전한 세계, 그것이 만다라의 심층이자 본원이다. 과연 이런 세계가 있기는 있는 것일까? 있다면 어떤 모습으로 존재하는 것이고, 그것의 전달은 가능한 것일까? 그리고 그것의 표현은 또한 가능한 것일까?

만다라의 고향은 밀교가 삶과 사상의 근간을 이룬 티베트 지역이다. 그곳에 가면 상점마다, 시장마다, 가정마다, 사원마다 만다라를 모시고 품으며 사람들이 살아간다. 그들의 삶에서 힌트를 얻는다면 만다라의 세계는 실재하고, 만다라의 전달은 밀교(비밀스러운 가르침)로써 가능하며, 만다라의 표현은 존재의 첫 지점에 서거나 그 지점을 가리킬 때 가능하다.

티베트의 밀교 의식에서 만다라를 만드는 과정을 본 적이 있다. 세상에서 가장 완전하다는 만다라를 승려들이 칠보처럼 화려한 색색의 재료들로 긴 시간 속에서 전력을 다하여 만들어내더니, 그것을 아무런 미련 없이, 마치 칠판의 낙서를 지우듯 흩어 빈 서판으로 돌려보내고 만다. 모든 것은, 그것이 진리의 이름을 가진 것이더라도, 아니 전 생애에 걸쳐서 만든 것이더라도 마침내는 공성(空性)의 본가로 돌아갈 수밖에 없다는 것을 가르치듯, 그들은 무표정하게 만다라를 흩어버리는 것이다. 어린이들이 놀이터에서 모래성을 만들고는 흩어버리듯, 그들은 만다라를 가볍게 흩어버리고 아무렇지도 않게 일상 속으로 들어가는 것이다.

사실 우리들의 삶이란 그런 것이 아닌가. 어느 하나도 머무르게 할 수 없는 흐름의 한 과정이 우리들의 삶이 아니던가. 그저 흘러가면서 '찰나생(刹那生) 찰나멸(刹那滅)'의 모양 없는 모양을 만들어내는 것이 전부인 게 우리들의 삶이 아닌가. 그리고 진리는 어느 정해진 시간과 장소에 나타나는 기적이 아니라 항상 강물처럼 흘러가는 일상이 아닌가.

마당에 핀 한 송이 붉은 장미가 만다라 모양을 하고 있다. 언덕에 핀 보랏빛 오랑캐꽃도 만다라 모양을 하고 있다. 뒷동산에 얼굴을 붉게 내민 나리꽃도 만다라 모양을 하고 있다. 편견을 버리고 보니 처처가 만다라 모양이다.

기독교 성당과 교회당의 십자가도 만다라 모양을 하고 있다. 원불교 교당의 둥근 원도 만다라 모양을 하고 있다. 오래된 사찰의 '卍' 자도 만다라 모양을 하고 있다. 우리나라 태극기의 근간을 이루는 태극 모양도 만다라 모양을 하고 있다. 뿐만 아니다. 내가 일 없이 볼펜을 들고 종이 위에 낙서 같은 그림(?)을 그릴 때도 만다라를 닮은 원형이 나타난다.

다르마의 축복

그러나 가장 대단한 만다라는 언제나 우리들의 머리 위에 존재하는 둥근 하늘이다. 그리고 우리가 발 딛고 사는 반듯한 땅이다. '천원지방(天圓地方)'이라는 말처럼 하늘과 땅은 만다라의 원형이다. 그 사이에 사는 인간들에게 이들은 쉬지 않고 만다라의 기운을 보낸다. 그러나 인간들의 눈과 귀는 아직 어둡고, 그들의 업장은 여전히 두터워서 그들의 만다라는 갈 길이 멀다.

고목(古木),
안심의 시간

집 안에든 마을에든 고목 한 그루 서 있으면 든든하다. 학교
에든 읍내에든 역시 고목 몇 그루 서 있으면 들떴던 마음이 척
가라앉는다. 앞산이나 뒷산 같은 동네 주변의 산들을 방문하더
라도 그렇다. 오래된 나무가 여기저기 서 있으면 의지처가 있
는 듯이 안심이 된다.

고목은 긴 세월을 몸으로 통과해낸 자의 표상이다. 그리고 그
긴 세월 동안, 삶의 지혜를 두루 익힌 자의 표상이다. 고목이
된다는 것은 생명의 역사와 삶의 역사를 묵묵히 거쳐서 성장과
성숙의 길을 걸어왔다는 뜻이요, 산다는 것이 이렇게 성공적일

수도 있다는 사실을 보여주는 신뢰와 희망의 표지가 되는 것이다.

봄날, 마을 입구의 오래된 느티나무가 새싹을 내밀면 올해도 마을의 모든 일이 순조로울 것처럼 괜스레 편안한 마음이 된다. 또한 봄날, 옆구리가 조금 무너지기도 한 오래된 감나무며 호두나무가 이파리를 내밀며 꽃을 피우면 금년 한 해도 마음 놓고 사는 일이 가능할 것처럼 푸근해진다.

봄날엔 고목이 보여주는 또 다른 흥미로운 풍경이 있다. 오래된 아카시아나무가 어린 나무들 사이에서 함께 꽃을 피우고 향기를 날리면 그 모습이 너무나도 귀엽고 우습기까지 하다. 노년에게도 찾아온 봄날의 새로운 시작은 신선한 기쁨이고 생명을 이어가는 영속성은 놀라운 신비이다.

가을엔 오래된 은행나무가 노랗게 단풍 든 풍성한 몸으로 서 있는 모습이 장관이다. 은행나무 한 그루가 온전히 하나의 세계를 이루어서 노란빛을 마을 전체로 퍼트리면 마을은 가을 내내 노란색이다. 또한 가을엔 오래된 밤나무며 상수리나무 등이 아낌없이 열매들을 대지로 쏟아내는 모습도 이채롭다. 사람들은 오래된 밤나무와 상수리나무 밑에서 열매들을 주우며 대가 없는 풍요로움을 경험한다.

겨울엔 고목에 새들이 앉아서 노는 모습도 한 폭의 산수화 같다. 고목엔 수많은 새들이 찾아와도 넉넉할 만큼의 품이 있고, 철부지 새들은 하루에도 몇 번씩 떼 지어 몰려다니며 수다스럽고 부산하다. 이런 고목에 눈이 내리면 그 풍경은 그야말로 고아하다. 오래된 존재가 아니면 만들어낼 수 없는 기품이 창조되는 것이다. 시간을 통과해야만, 삶을 살아내야만, 그리고 모든 것을 허락해야만 가능한 자의 어떤 분위기가 조성되는 것이다.

겨울엔 마을에 오래된 나무 몇 그루 서 있으면 삭풍이 불어도 덜 흔들린다. 괜찮다고, 모든 것은 지나가는 것일 뿐이라고, 듬직한 이의 음성이 들리는 듯하다. 분명히 그들은 침묵하고 있지만 그들을 바라보는 나약한 우리들의 마음은 위로받는다.

그러나 계절에 상관없이 오래된 고목이 발하는 놀라운 효능은 드넓은 들녘의 어느 곳에 서 있는 고목으로부터, 그리고 지도도 없는 산 중턱의 어느 지점에 서 있는 고목으로부터 나온다. 들녘의 고목과 산 중턱의 고목은 지도도 없는 인류사의 초

다르마의 축복

창기부터 이정표와 같은 역할을 하며 그곳에 서 있었던 것들이다. 사람들은 이들을 보며 세상의 방향과 위치를 가늠하였고, 지도 없는 자의 불안을 떨어내며 일상생활을 할 수 있었던 것이다. 지금도 자세히 보면 그런 나무들이 들녘과 산중턱에 서 있다. 모두들 '눈 밝은' 세상이 되었지만 아직도 사람들은 이런 나무들을 바라보며 자신의 원시적 세포 속에 잠든 불안감을 해소하고 있다.

승복(僧服),
부재의 잿빛 신비

스님들의 복장인 승복은 그 색이 잿빛이다. 이 색을 스님들은 괴색(壞色)이라고 부른다. 잿빛도, 괴색도 속뜻은 유사하다. 일체가 불타고 남은 재의 빛이 잿빛이라면, 일체의 모든 색상을 파괴하여 부재로 만들어버린 색, 그 색이 괴색이기 때문이다.

스님들의 잿빛, 아니 괴색 승복 앞에 서면 그것을 보는 순간 존재는 정화된다. 마음 에너지의 방향이 처음의 자리를 향하여 놀란 듯 돌아서고, 경계에 유혹당하던 감각기관이 은수자(隱修者)처럼 일순간 문을 닫고 숨어버린다. 누가 이 잿빛을, 아니 괴색을 승복으로 만들고자 하였을까? 승복의 원천인 분소의도 욕망을 탈색시키는 강력한 힘을 내뿜고 있지만 잿빛 혹은 괴색도 욕망을 탈색시키는 파워 에너지이다.

괴색 승복을 입은 스님들이 방 안 가득히 모여 독경을 하고 있다. 공부라면 모름지기 이토록 욕망을 제거한 자리에서 이루어져야 하는 것이 아닌가 생각해본다. 괴색 승복을 입고 독경을 하다 보면 경전의 내용 한 자 한 자가 그대로 왜곡 없이 몸으로 스며들 것만 같다.

괴색 승복을 입은 스님들이 방안 가득히 모여 『화엄경』 공부를 하고 있다. 강백은 『화엄경』의 대가이신 무비(無比) 스님이다. 전문가들에게 강독하듯 무비 스님의 『화엄경』 구절 해독은 건너뛰며 이루어지지만 괴색 승복을 입은 스님들의 표정을 보건대 그 구절들은 괴색 속으로 직입하듯 스며드는 것 같다.

그런데 괴색은 물론이고 괴색 승복은 아무에게나 어울리지를 않는다. 이 색과 옷은 무척이나 까다로운 색이자 옷이다. 이를테면 수행으로 다져진 사람에게만 이 괴색과 괴색 승복이 어울린다. 어떤 것도 구하지 않는 자에게만 이 괴색과 괴색 승복은 안착하는 것이다. 마치 참하게 절여진 김장철의 배추나 무처럼, 푸들거리는 인간적 기미를 공성의 바다에 끝도 없이 버려서 더 이상 버릴 것이 없거나, 그런 삶을 살고자 발원한 사람에게만 이 괴색과 괴색 옷이 조화를 이룬다.

한 번쯤 그 사람의 영혼의 수준 정도를 시험해보려면 이 괴색과 괴색 승복을 입혀보는 것도 좋을 것이다. 이 색과 옷이 잘 받는 사람이라면 분명 전생부터 잘 닦아온 사람이거나 이번 생을 일념으로 닦아가며 정도를 터득하고자 한 사람일 것이다.

얼마 전엔 원효 스님에 관한 발표를 하러 모 대학에 갔더니 청중들의 상당수가 괴색 승복을 입은 학인 스님들이었다. 아직 때묻지 않은 젊은 기운과 괴색 승복의 학인 스님이 빚어내는 기운은 발표장의 분위기를 일시에 학문 너머의 자리로 바꾸어놓았다. 어떤 것도 진리에 바탕을 두고 말해질 수 있을 것 같은, 어떤 것도 진리를 향해 말해야만 할 것 같은 그 분위기는 참으로 소중하였다.

우리의 마음자리가 잿빛 같은, 괴색 같은 그런 색을 지닐 수

　　　　　　　　　　　　　　　다르마의 축복

는 없을까? 색을 넘어선 색, 색 이전의 색에 마음을 두고 우리의 삶이 이루어질 수는 없을까? 분열이 빚어내는 소음의 현실이 인내하기에는 정도를 넘은 단계로 치달은 것 같아 이런 말을 간절하게 꺼내본다.

사찰 이름,
여법한 만트라의 문장

사찰 이름만큼 심오한 것도 없을 것이다. 사찰 이름은 그 자체로 법문과 같아서 사찰 이름을 조용히 음미하는 것만으로도 마음은 이미 '이쪽 언덕'에서 '저쪽 언덕'으로 건너가고 있는 것 같다.

제대로 지어진 사찰 이름은 하나의 정보가 아니라 우주의 진실을 가리키고, 가르치는 진심의 보고(寶庫)이다. 정보를 넘어, 지식을 넘어, 지혜와 영성을 담고 있는 것이 사찰의 이름인 것이다.

다르마의 축복

한국의 대표적인 불교 종단인 조계종단의 홈페이지를 보면 조계종과 관련된 전국의 사찰은 3천여 개가 되는 것 같다. 그 수가 결코 적지 않다. 여기에 다른 종단의 사찰까지 합하면 그 수는 훨씬 늘어날 것이다. 이 많은 사찰의 이름들은 상당한 수준의 정신적 높이를 담고 있으며 그 이름들을 사심 없이 음미하는 일은 좋은 장소를 답사하고 돌아온 느낌을 준다.

　사찰의 이름들을 익숙한 것부터, 떠오르는 대로 적어본다 :
조계사(曹溪寺), 용주사(龍珠寺), 신흥사(新興寺), 월정사(月精寺),
법주사(法住寺), 마곡사(麻谷寺), 수덕사(修德寺), 직지사(直指寺),
동화사(東華寺), 은해사(銀海寺), 불국사(佛國寺), 해인사(海印寺),
쌍계사(雙溪寺), 범어사(梵魚寺), 고운사(孤雲寺), 금산사(金山寺),
백양사(白羊寺), 화엄사(華嚴寺), 선암사(仙巖寺), 송광사(松廣寺),
대흥사(大興寺), 관음사(觀音寺), 선운사(禪雲寺), 봉선사(奉先寺),
낙산사(洛山寺), 보문사(普門寺), 보리암(普提庵), 상원사(上院寺),
불영사(佛影寺), 오어사(吾魚寺), 부석사(浮石寺), 칠불사(七佛寺),
실상사(實相寺), 미황사(美黃寺), 개심사(開心寺), 건봉사(乾鳳寺),
극락사(極樂寺), 동학사(東鶴寺), 신원사(新元寺), 무상사(無相寺),
내장사(內藏寺), 대원사(大源寺), 운주사(雲住寺), 도피안사(到彼

岸寺), 마하사(摩訶寺), 만어사(萬魚寺), 망월사(望月寺), 문수사
(文殊寺), 미타사(彌陀寺), 반야사(般若寺), 백담사(百潭寺), 백련
암(白蓮庵), 백운사(白雲寺), 법륜사(法輪寺), 죽림정사(竹林精舍),
보광사(普光寺), 봉정암(鳳頂庵), 불지사(佛智寺), 세심사(洗心寺),
수도사(修道寺), 안심사(安心寺), 약사사(藥師寺), 염불암(念佛庵),
원각사(圓覺寺), 신륵사(神勒寺), 원통사(圓通寺), 월명사(月明寺),
유점사(榆岾寺), 자비사(慈悲寺), 정혜사(定慧寺), 청계사(淸溪寺),
청량사(淸凉寺), 청평사(淸平寺), 축서사(鷲棲寺), 간월암(看月庵),
내소사(來蘇寺), 파계사(把溪寺), 학림사(鶴林寺), 석종사(釋宗寺),
불광사(佛光寺), 향일암(向日庵). 보탑사(寶塔寺), 각연사(覺淵寺),
칠장사(七長寺), 표충사(表忠寺), 귀신사(歸信寺), 달마사(達磨寺),
길상사(吉祥寺) 등.

  사찰은 도량(道場)이다. 진리와 진심이 살아서 숨 쉬게 하는
공간이다. 인간이 지닌 이와 같은 진리와 진심의 성품을 무한
히 신뢰하면서 결코 서두르지 않는 가운데 인간을 진리 그 자
체, 진심 그 자체가 되도록 이끌고자 하는 곳이다. 과연 이것이
가능할까 의심하면서 물러서는 사람들이 대부분인 이 사바세
계에서 무량겁, 무량수의 아득한 시간을 설정하며 불퇴심(不退

心)을 내는 곳이 바로 사찰인 것이다. 무량겁, 무량수의 세계는 너무 멀고 상상조차 하기 어려울 때가 많아 마치 환영을 보는 것 같다. 그러나 이 세계가 실체로 다가오기 시작할 때 삶의 이해는 달라지기 시작한다. 아, 이렇게 세상이 움직이고 있구나 하는 대각성이 찾아오는 것이다.

무주공산(無主空山) 1,
불인(不仁)의 마음

'무주(無主)'도, '공산(空山)'도 대단한 말이다. 더욱이나 '무주공(無主空)의 산(山)'이라고 하면 그것은 더 대단하게 들린다. 주인이 없다는 것, 빈산이라는 것, 주인이 없이 비어 있는 산이라는 뜻은 예사롭지가 않다. 그렇지만 이것은 '무주공산(無主空山)'에 대한 글자 그대로의 해석에 불과하다.

그럼에도 불구하고 이런 뜻을 접했을 때, 오직 생존과 소유가 목적인, 우리들을 밤낮으로 지배하는 에고의 본성은 매우 낯설고 충격적인 느낌에 빠져들 것이다. 주인이 없다니, 산이 비어 있다니, 주인 없는 빈산이 있다니, 하면서 평상시 생각하지 못

다르마의 축복

했던 세계를 만난 데서 오는 낯섦과 신선함을 느낄 것이다.

사실 '무주(無主)'의 이치를 알면 세상의 이치는 다 안 것이나 마찬가지이다. 아무리 에고에 저당 잡힌 우리가 이 땅과 세계의 소유권을 주장해도 에고보다 먼저, 에고보다 나중까지 존재하였고 존재할 근본법에서 보면 소유란 실제로 불가능하다는 것을 알 때, 세상의 이면이 통찰되기 때문이다. 범속한 인간들의 삶이란 한평생 소유권을 주장하다 가는 길이다. 이런 사실을 직시하면 말할 수 없는 비애감이 솟아오르나 비애감 또한 인간사에 대한 집착이 빚어낸 감정이리라.

우리는 소유를 자랑한다. 그러나 우주의 근본법은 그 자랑스러운 소유권을 무화시킨다. 소유권의 주장과 그것의 무화 과정이 길항하고 공존하는 가운데 삶은 역설의 강처럼 흘러간다.

그러면 소유법과 근본법 가운데 어느 것이 더 힘이 셀까? 표면적으로 보면 소유법의 힘이 세고, 심층적으로 보면 근본법의 힘이 막강하다. 그러나 단견인 우리들이 어떻게 표면을 넘어 심층을 볼 수 있을까?

무주공산은 심층을 본 사람의 말이다. 표면을 본 사람의 말이 우리를 긴장시킨다면 심층을 본 사람의 말은 우리를 해방시킨다. 해방과 그것의 다른 이름인 자유는 심층을 볼 때 가능하고, 심층을 본 사람은 긴장 속에서 사는 사람들에게 이런 선물을 베풀 수 있다.

무주는 주인이 없다는 것이다. 사실 어떻게 우리가 산은 물론 산으로 표상된 우주만유의 소유권자가 될 수 있겠는가. 여기서 주인이 되었다는 것은 우리의 인식 작용에 의해 비롯된 환상일 뿐, 소유권자로서의 주인이 되는 일은 불가능하다. 다만 우리가 크게 눈을 뜨고 보면 우리는 이 우주만유의 영원한 주인이다. 그때의 주인이란 에고로서의 분별하는 주인이 아니라, 우주만유 전체를 일체로 생각하는 무분별의 대아적(大我的) 주인이다. 이때 나는 세상을 소유하지 않고 사랑한다. 그리고 세상 전체를 한꺼번에 생각하는 마음에서 언제나 존재와 세계를 바라본다.

세상은 본래 무주공산이다! 누구도 범속한 소유권자가 되기를 허락하지 않는 공성(空性)의 산이다. 어느 누구를 특별히 편

다르마의 축복

애하거나 어느 누구에게 특별히 지배받지 않는 '불인(不仁)'과 '자율(自律)'의 세계이며 어떤 바벨탑도 허락하지 않고 해체하여 하나가 되게 하는 '폭력적인 사랑'의 땅이다.

무주공산(無主空山) 2,
무주(無住)의 놀이터

무주공산에 바람이 분다. 어제 불던 바람이 오늘 불고, 오늘 불던 바람이 내일 분다. 어제 불던 바람은 어디서 온 것일까. 오늘 불던 바람은 어디로 가는 것일까. 불래불거(不來不去)라고 하더니 그 법어가 옳은 것인가. 아마도 그런 것 같다.

무주공산에 태양빛이 쏟아진다. 어제 쏟아진 태양빛이 오늘 쏟아지고, 오늘 내리쬐던 태양빛이 내일도 내리쬔다. 태양빛은 무슨 일로 지구별에 이토록 하염없이 쏟아져서 눈부시게 빛나는 것일까. 무주공산에 쏟아지는 태양빛은 처음부터 이런 생각조차 없이 자신의 진면목을 보여준 것이겠지만, 지구별에 쏟아

다르마의 축복

지는 태양빛의 무량함은 불가사의하다. 혹시 태양빛도 지구별의 여행자인 것일까?

여행은 무주공산의 삶이다. 어느 곳에 집착하지 않고 사는 유목의 삶이다. 출발 지점과 도착 지점이 따로 없고, 집과 외지가 따로 없으며, 모든 곳이 출발지이자 도착지이고, 집이자 외지인 중도인의 삶이다. 그저 배를 타고 강물을 따라 흐르듯 그렇게 따라서 흐를 뿐인 삶인 것이다.

무주공산에 구름이 떠간다. 한 번도 멈춤이 없는 구름은 무주공산의 이치를 가장 잘 아는 방문객이다. 어디서 시작되었는지 알 수 없는 구름이 오직 흘러가고, 흘러가던 구름은 마침내 사라진다. 그러나 구름은 다시 일어나고, 다시 일어난 구름은 모양을 바꾸며, 어딘가로 흘러간다. 그야말로 '모든 것은 흘러가리라'는 연기법의 생성과 변화의 표상이다.

무주공산에서 아이들이 뛰어논다. 생래적으로 무주공산의 이치를 아는 자가 또한 아이들이다. 그들은 뛰어놀고, 뛰어놀다가 잠이 든다. 그리고 다시 일어나 뛰어놀고 또다시 친구들을 찾아 나선다. 노는 것이 일인 아이들, 그들의 놀이에선 무상(無償)의 기쁨이 빛난다.

무주공산에 비가 오고 눈이 내린다. 비도, 눈도 그 출처가 어딘지 알 수 없다. 구름처럼 이들도 인연법의 산물이라고 말하지만 그 인연법의 속사정을 알기란 결코 쉽지 않다. 다만 비도, 눈도 무주공산에 내리고 있으며, 무주공산에 내리는 비나 눈은 무주공산의 권속이 되지 않을 수 없다.

무주공산에 꽃이 피고 새가 운다. 김동원 시인의 말처럼 꽃은 자신이 꽃인 줄도 모르고 꽃을 피우며 살고, 새 또한 자신이 새인지도 모르고 노래하며 날아다닌다. 무주공산의 식구들은 이렇게 '무지(無知)'하다. 무지하므로 그들은 무사(無事)하다. 아무 일 없이 하루가 가고, 또 아무 일 없이 내일이 간다. 그렇게 가다 보면 삶도 이루어지는 것, 무지 속에서 이루어지는 삶은 자연스럽다.

이 무주공산에 달이 뜨고 별이 뜬다. 달이 뜨고 별이 뜸으로써 지구별은 무주공산의 필요충분조건을 갖춘다. 허공 속에서 이들은 제석천의 인드라망처럼 서로를 비춰주며 빛나고, 허공은 이들이 무주의 놀이를 할 수 있도록 아낌없이 후원한다.

사실 허공이야말로 비교가 불가능한 최대의 무주공산이다. 무한과 무변이라는 말만이 가능한 허공을 보고 지구별의 사람들도 무주공산이라는 말을 지어냈는지 모른다. 그런 점에서 허공은 만유의 대모이고 대스승이다.

제4부

산수화,
인간 이전의 원경

소재와 대상의 선택은 관습을 넘어선 마음의 반영이다. 그러므로 수많은 그림 가운데 산수화를 그린다는 것은 단순히 관습적으로 산수를 선택한 것을 넘어 화가의 심층 마음을 반영한 것이라 할 수 있다.

산수(山水)란 무엇인가? 글자 그대로 보면 이는 뫼를 뜻하는 산(山)과 물을 뜻하는 수(水)의 결합(어)이다. 여기서 산은 양(陽)의 표상이요, 수는 음(陰)의 표상이다. 그러니까 자연을 구성하는 양과 음 혹은 음과 양이라는 양대 축의 표상이자 만남이다. 이런 산수는 단순한 자연의 환유를 넘어서서 우주의 환유이고 인간관과 세계관의 환유이다. 왜 그러할까?

산수는 인간 이전부터 존재했고, 인간 이후에도 존재할 것이며, 인간사의 근원자리에 존재하기 때문이다. 말하자면 산수로 환유되는 자연과 우주는 시간과 공간의 측면에서는 물론 존재 자체의 측면에서도 인간의 영역을 뛰어넘는 곳에 머물고 있는 것이다. 비록 인간들이 산수를 그리지만 산수는 인간들의 화폭 이전부터 존재했고, 그 이후에도 존재할 것이며, 이와 무관하게 존재하고 있는 우주이다.

인간이 산수를 발견한 것은 대단한 일이다. 인간 이전에 산수가 존재하였다는 사실을 아는 것, 그리고 그것을 외경하며 그 이치에 귀를 기울이는 것, 더 나아가 그 이치에 맞게 삶을 살아가고자 한다는 것은 인간 우월주의라는 이상한 환상의 감옥을 벗어난 환한 경지로 나아갔다는 것을 뜻하기 때문이다.

수많은 종류의 그림이 있지만 유독 산수화를 보면 건강성, 원시성, 평화로움, 자연스러움, 고요함, 신성함 등과 같은 긍정적 감정이 크게 밀려온다. 그것은 산수의 참뜻을 아는 정신과, 산수를 화폭의 전면에 배치하면서 인간이 뒤로 겸허하게 물러날 줄 아는 마음이 산수화의 갈피마다 깃들어 있기 때문으로 생각된다. 어린 학동들이 배우는 근대 이전의 이른바 '천자문(千字文)'이라는 초급 교재를 보면 그 첫 문구가 천지(天地), 우주(宇宙), 일월(日月), 진수(辰宿)를 부르고 사유하는 것으로부터 시작되어 있다. 산수화엔 이와 같은 인간 이전의 근원적이며 시원적인 것에 대한 이해와 동경, 외경과 사랑의 마음이 담겨 있다.

산수를 인간 이전에 놓을 수 있는 사람, 산수의 말을 들을 수 있는 사람, 산수의 진선미를 볼 줄 아는 사람은 '나와 인간'을 중심으로 삼고 세상을 일면적으로 읽어내는 사람들과 다르게 '대자연과 대우주'로부터 세상을 전체적으로 읽어낼 수 있는 안목을 갖춘 사람이다. 이 두 가지 세상 읽기의 방식은 너무나도 달라서 전자가 개인중심주의와 인간중심주의의 허점을 드러내고 있다면, 후자의 경우는 세상의 실상을 편견 없이 통찰하며 그 위에 인간의 위치를 적절하게 부여하는 지혜인의 면모가 들어 있다.

동양에서 산수화의 전통은 유구하고 훌륭한 산수화는 미술관을 넘치게 한다. 그것은 동서의 인간관과 세계관이 다르기 때문이다. 이런 사정을 대변이라도 하듯이 우리들이 사는 동양 땅의 주변에는 눈을 돌리면 부채에, 달력에, 다기 받침에, 손수건에, 그야말로 생활사의 곳곳에 산수화가 들어 있다.

최근 국문학자 조동일 교수는 국문학의 영역을 넘어서 산수화의 모음인 화첩 『산산수수(山山水水)』를 출간하였다. 멋진 화제(畵題)와 함께 한 자리에 편집되어 있는 300점의 산수화는 이 땅의 전통적인 산수철학과 산수미학을 유감없이 보여주고 있다. 그러면서 우리를 '산산수수'의 높고 아름다운 경지로 안내하고 있다.

다르마의 축복

구름,
무상(無常)을 사는 삶

구름은 날개 달린 새들이나 적어도 직립하여 하늘을 바라볼 수 있는 인간들만이 향유할 수 있는 특별한 천상의 존재이다. 참으로 천진난만한, 그러면서 비현실적인 구름은 잠시도 고정된 모습으로 머물러 있지 않다. 하늘에서 무상(無常)을 가르치는 선생처럼, 구름은 자유로이 변하고 여유롭게 흐른다. 변함과 흐름, 이 두 가지가 구름의 삶의 문법인 듯하다.

마루 끝에 앉아, 또는 마당의 평상 위에 누워 하늘의 구름을 하염없이 바라보다 보면 세상의 무거웠던 걱정들은 흩어지고 옅어진다. 그러면서 우리의 삶도 구름의 삶과 다르지 않다는 깨달음이 자연스럽게 찾아오고, 구름의 삶이 우리의 삶보다 윗길인 것 같다는 겸허한 성찰이 이루어진다.

조금 전에 여기 있었는가 하면 조금 후에 저기로 가 있는 삶, 조금 전에 둥근 모양이었는데 조금 후엔 새털같이 흩어져 있는 삶, 조금 전엔 하늘의 한쪽을 심하게 뒤덮더니 조금 후엔 흔적조차 찾기 어려워져버린 삶, 그런 삶을 구름은 살고 있다. 아, 그러고 보니 우리들의 지상의 삶도 마찬가지이다. 아침에 바람이 불더니 저녁엔 함박눈이 내리고, 저녁엔 함박눈이 내리더니 밤중엔 어느 것의 기척조차 없는 적막강산이다. 다시 아침이 되니 태양빛이 쏟아지고, 정오가 되니 바다에 풍랑이 인다.

이렇게 변하고 흐를 뿐, 그것만이 전부일 뿐, 아무것도 붙잡거나 예측할 수 없는 이 세상에서, 우리는 왜 그토록 무거운 삶을 살아갈까? 변하는 것을 변하지 않게, 흐르는 것을 흐르지 않게 만들려는 우리의 욕망이 그 무거운 삶을 만들어내는 것이라고 수많은 지혜인들이 가르쳐줘도 우리는 왜 그 앎을 실행에 옮기지 못하는 것일까?

다르마의 축복

구름은 언제 보아도 경쾌하고 유유자적하다. 먹구름은 예외라고 말하는 사람이 있을지 모르겠다. 그러나 먹구름조차도 하늘에 머무는 시간은 그리 길지 않다. 언제 그런 모습을 했느냐 싶게 표정이 밝아지며 이전 일을 잊은 사람처럼, 먹구름도 한 차례 비를 쏟아내면 마음속의 어둠을 거둬낸 사람과도 같이 사뭇 다른 표정이 된다.

구름의 백미는 밤하늘에서 나타난다. 특히 구름과 달은 너무나도 잘 어울리는 두 세계이다. 여기에 나무들의 표정을 덧붙이면 그 어울림 또한 달리 찾아보기 어려운 야경이 된다. 이와 같은 구름과 달의 어울림을 노래한 최고의 표현은 아무래도 "구름에 달 가듯이"라는 박목월의 시구 같다. 때로는 구름 사이로, 때로는 구름 뒤편으로, 때로는 구름과 한 몸이 되어 어딘가로 흘러가는 달의 길은 서로가 어울려서 창조한 밤하늘의 최고의 시학이고 미학이며 철학이다. 또한 밤하늘의 구름과 달과 나무들의 어울림을 가장 잘 그려 보인 것은 장욱진 화백의 화첩 속 그림들이다. 이들이 만들어내는 밤풍경은 우리가 잠든 사이에도 서로 어울려 새 경지를 열어 보이는 신화적 동영상이다.

하늘의 구름을 볼 시간만 있어도 우리의 삶은 한결 정갈해지고 가벼워지고 우아해진다. 지상의 인간문명만이 아닌 천상의 자연현상이 있음을 알게 될 때 우리의 집착심은 작아지고, 천상의 자연현상이 우리의 간섭을 벗어나 있다는 것까지 절감하게 될 때 우리의 마음은 겸허해지고 허허로워진다. 인간(나)이 도저히 어찌해볼 수 없는 세계가 이렇게 있음을 아는 일은 이토록 중요하다.

무밭/배추밭,
가을이 아낀 생명

입추(立秋)가 되면 초목의 줄기를 타고 입춘(立春) 시절부터 위로 오르던 물길이 아래로 방향을 바꾸기 시작하고, 처서(處暑)가 되면 더위가 마무리되면서 지상의 분자 활동이 일제히 느려지기 시작한다. 그러니까 입추가 되면 생명의 물길이 아래로 내려가는 방향을 취함에 따라 초목들은 성장을 멈추고 안쪽의 삶을 궁리하며, 분자 활동이 느려짐에 따라 확장의 길을 가던 생명들은 응축의 길로 전환하는 삶을 살기 시작하는 것이다. 우주 변화의 원리를 음양오행론(陰陽五行論)에 의거하여 논하는 사람들은 이것을 가리켜 '금화교역(金火交易)'이 이루어지게 된 것이라고 말한다.

이렇게 가을이 오는 소리가 들리고 그 기미가 짙어지기 시작하면 인간들도 자연이고 생명인지라 초목과 동일한 모습과 방향으로 삶의 방식을 바꾸고 모습이 바뀐다. 자세히 보면 가을 속의 사람들은 초목처럼 부스스하고, 바깥보다는 안쪽을 바라보며 나날을 보낸다. 사람도 가을엔 응축의 내적 방향으로 일체의 삶을 재편성하는 것이다.

그런데 참으로 이상한 일이 있다. 처서 무렵에 모종을 하여 가을의 한가운데서 생장의 기운을 솟구쳐 올리며 존재의 확장을 꾀하는 식물들이 있다. 무와 배추가 바로 그 식물들이다. 가을은 이 무밭과 배추밭으로 인하여 가을조차도 새로 시작할 수 있는 희망의 시간인 것 같은 기대를 갖게 하고, 세상엔 이처럼 예외적인 경우도 있다는 것을 생각하며 획일적인 사유를 반성하게 만든다.

가을밭에서 단연 빛나는 것은 무밭과 배추밭이다. 더 정확히 말하면 가을 기운을 가역(可逆)의 세상도 있다는 듯이 용감하게 받아 안고 성장한 무와 배추는 초겨울이라고 말해야 할 11월의 냉기 어린 밭에서 더욱 빛난다. 무 이파리의 푸른 기운과 무청

다르마의 축복

을 푸르게 드러내며 반라의 육체처럼 맨살을 세상 밖으로 드러내 보인 무의 '쿨(cool)'하고 매끄러운 관능성은 초겨울의 들녘의 이색 풍경이다. 또한 안쪽을 점점 순수의 빛으로 만들어가며 키워가는 배추의 내향성도 초겨울 들녘의 이색풍경이다.

가을 기운으로 성장하고 초겨울 기운으로 단련된 무와 배추는 자연스러운 가운데 당당하다. 역류의 삶을 살아낸 사람처럼 초연한 표정으로 내실 있게 서 있는 것이다. 이런 무와 배추는 강함이 어떤 것인지를 알려준다. 사람들은 그 사실을 알아내서 무와 배추로 김장을 담그고, 새봄이 올 때까지 무와 배추는 제 모습을 상실하지 않은 채 사람들의 동면과 동행한다.

추수가 끝나고 가을걷이도 마무리되어 자칫 쓸쓸하고 허전하기 쉬운 들녘에, 이런 무와 배추의 생존은 쉽사리 사라질 수 없는 생명력의 긴 시간성과 간절함을 보여준다. 생명이란 이렇게 긴 시간을 두고 이어지며 드러나는 것임을, 그것이 어떤 시공간이라 하더라도 발화될 수 있음을 우리에게 비밀 전언처럼 알려주는 것이다.

잘 자란 무와 배추들, 그들을 키워내는 들녘과 바람들, 이런 무와 배추를 보살피는 농부들, 무와 배추를 다듬어 김치를 담그고 저장을 하는 여인들, 땅속의 독에서 익어가며 새봄까지 또 다른 삶을 사는 무와 배추들, 그 가운데 생의 이치를 익히는 사람들……. 무와 배추를 보며 이런 생각들에 잠겨본다.

사철나무들,
계절을 넘어선 형이상학

사철나무들 때문에 우리는 사철을 살 수가 있다. 봄, 여름, 가을, 겨울, 어느 한 계절도 변함없이 본 모습 그대로 푸르게 살아가는 사철나무가 있다는 것은 매우 흥미롭고 삶에 활력을 주는 일이다.

그러나 깊이 들여다보면 사철나무도 계절에 따라서 달리 산다. 봄에는 잎을 틔우고, 여름에는 잎을 키우며, 가을에는 열매를 달고, 겨울에는 휴식을 한다. 그렇다고 해도 사철나무는 이런 외적인 변화를 넘어서 본질적으로 사철을 관통하는 하나의 의지이자 철학과 같은 푸르름을 유지하고 보존한다.

이런 사철나무엔 여러 가지가 있다. 향나무, 소나무, 전나무, 측백나무, 주목, 히말라야시다, 구상나무 등 우리 주변에서 만날 수 있는 여러 나무들이 사철나무에 속한다. 이런 사철나무가 정원이나 마을, 뒷산이나 동산에서 자라고 있으면 그 지역은 사철 내내 푸르름이 가득하다. 겨울철이 되면 사철나무의 이런 푸르름은 단연 돋보인다. 정원에, 마을에, 뒷산과 앞산에 사철나무를 심은 것이 얼마나 잘한 일이며, 폐허처럼 크나큰 돌산이나 고산지대에도 사철나무가 서식한다는 것이 얼마나 고마운 일인지를 절감하게 된다.

나는 사철나무 가운데서도 특히 향나무를 좋아한다. 향나무 한 그루가 멋스럽게 자라던 고향집 우물가는 언제나 그 향나무로 인하여 주변이 건강하고 싱싱했으며, 중·고등학교 시절의 학교 정원과 울타리 아래서 자랐던 향나무들은 원기와 같은 첫 에너지를 간직하게 해주었다. 내 가슴에 건강한 푸르름이 있다면 그것은 이런 향나무들의 역할에 얼마간 신세진 바 있을 것이다. 또한 대학시절의 교정이며 지금 내가 근무하는 학교의 정원에는 그야말로 향나무가 좋은 이웃처럼 서 있다. 오래전 곳곳에 심겨져서 이미 고목이 되어 있는 이 향나무들은 학교의 기상을 몇 단계 더 푸르게 만든다.

전나무와 측백나무도 훌륭하다. 좀처럼 흔들리거나 나약한 기색을 보이지 않는 전나무와 측백나무는 모범적인 전방 부대의 존경받는 장군 같다. 이들은 나무 한 그루로도 그 푸름을 전달하는 범위나 강도가 엄청나고, 그냥 바라보는 것만으로도 푸른 기상에 물들게 하는 치유의 흡인력을 갖고 있다. 이런 잘 자란 전나무나 측백나무를 하루 종일 바라보면 웬만한 번뇌와 피로는 사라지고 만다.

소나무는 너무나 흔하여 언급하기조차 멋쩍다. 그러나 오랜 전통과 역사를 가진 소나무가 군락을 이루어 자라는 겨울 산은 송산(松山)이라 부르고 싶고, 소나무가 주종으로 자라는 동네의 야산조차 솔밭이라 부르고 싶다. 학생들이 송산과 솔밭으로 여행을 가거나 소풍을 가는 일은 언제나 있다. 그만큼 소나무 산과 소나무 밭이 주는 기운은 남다르다.

나는 히말라야시다를 새로이 발견하는 기쁨을 가진 바 있다. 내가 근무하는 학교의 정원 몇 곳에서 과묵한 사람처럼 소리

없이 히말라야시다 몇 그루가 우람하게 자라고 있었다. 문외한의 눈으로 보기에도 교정의 나무들 가운데 제일 연장자인 것 같은 이 나무들은 일체 자신을 드러내지 않으면서 존재하는 것 그 자체만으로도 교정에 안정감과 품격을 더해주는 성목(聖木)이다. 이 나무는 언제나 의젓하고 태평하며 어느 계절에도 중심이 서 있다.

나는 어느 날, 이 히말라야시다가 금송(金松), 아라우카야(크리스마스 때 장식하는 나무)와 더불어 세계 3대 미목(美木)의 하나로 사랑받는다는 것을 알았다. 충분히 그럴 만하다고 동의하였다. 이 미목이자 성목인 히말라야시다는 교정을 산책할 때마다 나의 발길을 그쪽으로 강하게 끌어들인다. 이끄는 바 없이도 이끄는 선풍도골의 대인과 같은 역할을 하고 서 있는 것이다.

다르마의 축복

허공(虛空),
만유를 허용하는 큰마음

    허공에 비가 내리면 허공은 비가 된다. 허공에 태양이 내리쬐면 허공은 태양이 되고, 허공에 바람이 불면 허공은 바람이 된다. 허공에 새가 날면 허공은 새가 되고, 허공에 번개가 치면 허공은 번개가 된다. 또 허공에 눈이 내리면 허공은 눈이 되고, 허공에 달빛이 내려오면 허공은 달빛이 된다.

    그뿐인가. 허공에 나무가 자라면 허공은 나무가 되고, 허공에 큰 산이 솟구치면 허공은 큰 산이 되며, 허공에 빌딩을 세우면 허공은 빌딩이 되고, 허공에 노래가 퍼지면 허공은 노래가 된다. 이처럼 허공은 무엇이든 허용한다. 허공은 그야말로 선불교에서 애용하는 비유처럼 '빈 거울'과 같다. 허공은 오는 사람 막지 않고 가는 사람 잡지 않듯이, 아무런 의도가 없이 모든 존재가 오가는 것을 그대로 허락한다.

허공에서 만유가 그들만의 방식으로 공연을 하는 동안 허공은 무언의 무대이다. 나타났다 사라지고, 사라졌다 나타나며, 찾아왔다 돌아가고, 돌아왔다 찾아가는 그 수많은 존재들의 퍼포먼스를 허공은 아무렇지도 않게 받아들이고 부각시킨다. 어찌하여 허공의 이런 작용이 이 우주 속에 존재한단 말인가. 보이지 않는 가운데 살아 움직이는 이 허공의 작용이야말로 불가사의한 실재이다.

이 세상에 단 하나, 영원한 것이라고 부를 수 있는 것이 있다면 그것은 바로 이와 같은 허공이다. 그래서 '영원에서 영원으로'라는 화두를 던진 성철 스님의 말씀처럼 허공은 영원의 표상이자 상징이고 환유이다. 성철 스님은 허공이자 영원이 바로 우리 자신의 참모습임을 사무치게 보라고 역설하였다. 그리고 진실로 대자유를 얻는 것이 우리들의 삶의 목표라면 이러한 우리 자신을 '바로 볼 때'에만 그 대자유가 찾아온다고 역설하였다. 성철 스님이 '자신을 바로 봅시다'라고 외칠 때, 그 바로 본다는 것은 허공이 나 자신이요, 나의 본처(本處)이자 본심(本心)이고 본성(本性)이라는 것을 보라는 말씀이다. 이와 같이 '자신을 바로 보는 일'이 가능해질 때, 허공 속에 나타난 만유의 유정(有情)하고 유색(有色)인 풍경과 그로 인하여 일희일비하던 우리들의 현상적인 삶은 종식된다.

글을 쓰는 나를 중심으로 사방, 팔방, 시방이 크나큰 대허공이다. 눈을 돌리면 창문 밖에, 지붕 위에, 마을 밖에, 지구 밖에 무한 허공이 펼쳐지고, 눈을 감으면 가슴속에, 마음 안에, 보이지 않는 어느 심연의 안쪽에 무한 허공이 펼쳐진다. 그러나 이것은 인간적인 단견의 허공이다. 실로 우리들이 허공의 전모와 실상을 보기란 어렵다. 우리는 몸을 가지고 있으나 이 몸 또한 허공과 같다고 하지 않는가. 그렇다면 오직 그 속에 이 세상엔 '꿈 같고, 환상 같고, 포말 같고, 그림자 같고, 이슬 같고, 번갯불 같은' 가유(假有)의 실체만이 아지랑이처럼 나타났다 사라지는 것인지도 모른다. 허공은 그런 점에서 도저히 형태가 바뀔 것 같지 않은 고체조차도 기체나 공기 같은 가볍고 가변적인 것으로 상상하게 만든다.

이 허공에 의지해서 우리는 숨을 쉴 수 있고, 걸어 다닐 수 있고, 누울 수 있으며, 말을 할 수 있고, 생로병사의 길을 갈 수 있다. 참으로 불가사의한 일이다. 그러나 이 허공이 있음으로써, 또 그것을 깨달음으로써 우리는 집착하지 않고 삶을 물 흐르듯이 살 수 있다. 그럼으로써 나의 길을 가는 것 같지만 실은 우주의 길을 갈 수 있다.

다르마의 축복

풀벌레들,
노래하는 은둔자

풀들은 대지가 낳은 최초의 생명들이다. 이 생명들이 대지를 대모지신(大母地神)으로 만든다. 이 풀들로 인하여 대지는 비로소 생명들의 땅이 되고, 대지와 풀들은 한없는 믿음 속에서 서로를 품어 안는다.

이 풀들의 세상에 풀벌레들이 깃들여 산다. 조금 과장하면 풀들의 숫자만큼 많은 풀벌레들이 풀빛을 닮은 색을 하고 풀숲에 깃들여 산다. 풀벌레들은 조그맣고 가벼워서 풀숲에 깃들여 살아도 표시가 나지 않는다. 그리고 조금도 무섭지 않다. 더욱이 이런 풀벌레들 때문에 풀숲이 무너지거나 흔들리는 일은 거의 없다. 풀벌레들은 참으로 가볍게 존재하는 풀숲의 은둔자들 같다.

이런 풀벌레들이 그 존재를 드러내는 시간은 늦여름에서 초가을 사이의 밤 시간이다. 이맘때쯤의 밤이 되면 풀벌레들은 세상 전체를 그들의 울음소리로 물들인다. 수를 헤아릴 수도 없이 많은 풀벌레들이 그들만의 발성법으로 각자 만들어내는 독창과, 그 독창들이 지휘자 없이 모여 만들어내는 합창은 어느 것과도 비교할 수 없게 자연스럽고 감미로우며 청아하다.

늦여름 밤에, 그리고 초가을 밤에, 나를 저 아래쪽까지 내려놓고 풀벌레들의 노래 소리를 허심하게 들으면 그들의 노랫소리가 온전하게 몸속으로 스며들어 그들의 강물을 이룬다. 나는 사라지고 풀벌레들의 노랫소리가 들어찬 몸은 그대로 풀벌레들의 노랫소리가 되는 것이다.

풀벌레들의 이런 노랫소리는 무엇을 닮았을까? 소년 소녀들의 합창을 닮은 것 같기도 하고, 잔잔하고 긴 강의 물결을 닮은 것 같기도 하고, 봄날의 솟구치는 풀들의 생명 소리를 닮은 것 같기도 하다. 그러나 그것이 무엇을 닮았든 간에 풀벌레들의 노랫소리는 여름이 다 가고 가을이 깊어갈 때까지 언제 들어도 호감이 간다. 그리고 초저녁부터 이른 아침까지 밤을 새우며 들어도 사랑스럽다.

풀벌레들의 이런 친화력과 사랑스러움의 원천은 무엇일까? 그것은 풀벌레들이 빚어내는 자성(自性)의 하모니와 유포니, 생명감과 간절함, 신비로움과 신령함 같은 것이 아닌가 한다. 풀숲에서, 그야말로 은현동시(隱現同時)라고 할 만한 '숨김과 드러냄'의 중첩성 속에서, 결코 큰 소리는 아니나 결코 끊이지도 않는 소리로 그들만의 삶을 연주하는 풀벌레들의 음성은 설명하기 어려운 생명의 묘용이다.

여름날, 잠자리에 누워 창문을 열어놓으면 풀벌레 소리가 방 안 가득히 밀물처럼 밀려들어온다. 무더위에 잠이 깨어 마루로 나가면 풀벌레 소리는 한밤중에 더욱 무르익은 음악처럼 세련된 흥이 감돈다. 너무 일찍 잠이 깬 새벽 무렵 밖으로 나가면 풀벌레 소리는 밤이 다 가버린 것이 아쉬운 듯 자리를 정리하는 바쁜 소리이다. 그런데 한낮이라도 가만히 숨을 죽이며 풀숲 쪽으로 귀를 기울여보면 풀벌레는 풀숲에서 작은 울음을 순간순간 울고 있다. 그들이 살아 있음을 알리는 작은 목소리 같다.

풀벌레 울음소리가 주인인 세상에서 우리는 온전히 쉴 수가 있다. 그들에게 우주의 경영을 맡기고 쉬는 시간에 우리는 아무것도 하지 않는 평화 속으로 온전히 들어갈 수 있다.

다르마의 축복

참새들,
진실을 품은 삶

사람들에게 얼마나 큰 믿음과 이로움을 주었으면 그 이름이 '참새'일까? 수많은 종류의 새들이 있지만 참새만큼 인간의 마을에 가까이 와 있고, 장식 없는 소박함을 아무렇지도 않게 드러내며 한결같이 사는 새도 드물다.

참새는 언제나 인간의 곁에 있다. 봄부터 겨울까지, 어느 하루도 거르지 않고 우리들의 집과 마을 주변을 찾아와서 산다. 그들은 교언영색(巧言令色)의 기교적 삶을 사는 것과 정반대에 있다. 단조로울 정도로 단순하고, 밋밋한 정도로 질박하고, 답답할 정도로 일념인 그들의 성품과 행동을 보노라면 가장 본원적인 것이 가장 영속적이라는 생각이 떠오른다.

　참새들이 일찍 찾아와 지저귀는 여름날의 아침엔 그들 소리
에 눈을 뜨게 된다. 나무에서 나무로, 가지에서 가지로, 높은
데서 낮은 데로, 낮은 데서 높은 데로 자재하게 움직이며 지저
귀는 그들의 소리는 아침 종소리 같이 동화적이다. 그 소리에
고무되어 일어나 바라본 아침 세상은 잠시나마 세속의 진애가
물러난 듯하다.

　참새 떼가 정원의 마당 가득히 앉아 부지런히 부리를 움직이
며 무언가를 쪼아대고 있다. 함께 모여 앉은 그들의 풍경은 언
제나 둥글고 평화롭다. 가까이 가서 보면 그들도 그들만의 생
존 욕구에 이끌려 수성(獸性)을 드러내겠지만, 함께 둘러앉은
그들의 풍경은 언제나 원경처럼 비현실적이다.

　마당에 모여 앉았던 참새들이 어느새 유난히 품이 큰 교목 속
으로 일제히 스며든다. 금세 이곳에 앉아 있었던 새들이 자취
도 없이 저쪽으로 사라진 풍경이 낯설다. 그러나 그들은 이내
떼를 지어 나무 바깥으로 나오고 그들의 지저귀는 소리는 아무

일도 없었던 듯이 이전과 동일하다.

이런 참새 떼가 무슨 생각인지 놀러 가는 아이들처럼 왁자지껄 울타리 너머의 이웃집으로 날아간다. 먹을 것과 흥미로운 일들이 많은지 그들은 돌아오지 않는다. 그들이 없는 사이 잠시 적막이 흐르지만 어디선가 또 다른 한 떼의 참새들이 익숙한 몸짓으로 날아든다. 그들은 무슨 일인지 이번엔 뿔뿔이 헤어져 나무들 사이를 돌아다닌다. 참새들은 혼자 있어도 귀엽고, 둘이 있어도 귀여우며, 여럿이 있어도 사랑스럽다.

위터에선 어디선가 날아온 참새 떼가 전깃줄에 앉았다 날아간다. 부처님께서는 아난다 존자의 질문에 가족이란 한 나뭇가지에 앉았다 흩어지는 새 떼 같다면서, 모든 존재의 인연들이 끝없이 취산(聚散)하는 이 땅의 소식을 알려주셨다고 한다. 그처럼 위터의 참새 떼도 순간 맺었던 인연을 순간 해체하는 듯하다.

그런데 무슨 일인지 참새 한 마리가 가느다란 나뭇가지에 홀로 앉아 움직일 기미를 보이지 않는다. 자꾸만 부리를 가슴께로 깊게 파묻으며 고적한 표정이다. 나는 그를 창문 뒤에 숨어서 물끄러미 바라본다. 잠시 그도 쉬고 있는 것일까? 나이가 들어 초연해진 것일까? 아니면 기운이 없어서 절로 한가해진 것일까? 참새를 바라보며 이런저런 헛된 명상에 들어본다.

잠자리들,
가벼운 날개의 꿈

   방금, 한날한시에 태어난 것 같은 신생의 어린 잠자리들이 당황한 듯, 흥분한 듯 들녘 한쪽에서 하늘을 분주하게 맴돌고 있다. 갓 태어난 그들의 원무로 인하여, 들녘은 첫날이 되고 무대가 된다. 이런 잠자리의 탄생과 원무는, 여름날의 예기치 않은 이곳저곳에서 벌어지는 보기 드문 '좋은 풍경'이다.

   잠자리는 가벼움의 상징이다. 사람들이 잠자리를 보고 환호하는 것은 이 가벼움의 표상성 때문일 것이다. 무게를 잴 수도 없을 것 같은 잠자리의 가벼움은 아침저녁으로 체중계에 올라가며 육신의 무게를 가늠하고 조절해야 하는 인간들의 육체성과 대지성을 자극한다. 그리고 퇴화된 날개처럼 날 수도 없는 두 팔로 허공을 휘젓고 질주하다 지치곤 하는 허망한 인간들의 '날개 콤플렉스'를 크게 자극한다.

주관적인 견해이지만, 만약 인간들에게 가장 큰 두 가지 콤플렉스가 있다면 그것은 '거울 콤플렉스'와 '날개 콤플렉스'일 것이다. 인간들은 거울이 없으면 평생 동안 자신의 얼굴을 볼 수 없게 구조화되었고, 날개 달린 기계의 도움이 없이는 평생 동안 하늘을 볼 수 있을 뿐 날아볼 수 없기 때문이다. 거울이 없으면 우리는 남의 얼굴을 볼 수 있을 뿐 나의 얼굴을 볼 수 없다. 그리고 기계가 없으면 방금 말했듯이 하늘을 바라보기만 할 뿐 날아볼 수 없다.

이런 인간들에게 잠자리는 그들의 날개 콤플렉스를 한껏 해방시킨다. 비단결 같은 두 날개로 날아다니는 잠자리들의 유영은 날개 없는 인간들을 대리만족시킨다. 결코 무섭거나 공격적이지 않은 잠자리들이고 또 그러한 그들의 날개이기에, 인간들은 그들에게 감정을 깊게 이입하며 흥분한다.

다르마의 축복

그런데 태어나서 제법 삶의 기술을 익힌 오래된(?) 잠자리들은 아주 유연하고도 느긋하게 하늘을 유영한다. 무리 지어서, 또는 저 혼자서, 그들은 하늘의 길을 모두 통달한 이들처럼 자신들의 길을 의젓하게 열어간다. 그들은 때로 지상의 뜨락에 내려와 몸의 안쪽을 붙이고 쉬기도 할 만큼 여유가 있으며, 외진 곳에서 잠든 듯이 긴 시간을 엎드려 쉴 수 있을 만큼 한가하기도 하다.

이런 잠자리들이 출현하면 세상은 잘 마른 빨래처럼 습하고 탁한 번뇌의 무게를 털고 하늘 쪽으로 비상한다. 긴 시간 활주로를 돌지 않아도 사뿐히 이륙하는 비행처럼, 눅눅했던 영혼을 순간 하늘 쪽으로 들어 올리게 되는 것이다. 하늘 쪽은 언제나 가볍고 자유롭다. 붙잡고 있는 지상의 목록을 버린 까닭이다. 그 목록이 지워질수록 우리는 우리의 땅인 욕계를 지나 색계로, 다시 무색계로 상승하다 마침내는 궁극의 하늘인 삼계 너머를 향하는 영혼처럼 질 좋은 가벼움과 자유로움을 경험한다.

가을 바람이 불면 잠자리들도 어디론가 사라진다. 그곳을 알 수 없으나, 잠자리가 사라진 가을 하늘이 어느 때보다 드높고

잠자리들, 가벼운 날개의 꿈

맑은 모습으로 우리를 위로하며 유혹하고 있다. 이 드높고 맑은 곳으로 당신의 영혼을 비상시켜 보지 않겠느냐고, 비상하는 자가 가볍고 자유로워질 수 있다고, 가을 하늘은 속삭이며 부추긴다. 그러나 그렇다고 하여 우리들의 육신에 날개가 돋을 리 없고, 우리의 영혼도 비상의 한계를 느낄 수밖에 없지만, 눈 밝은 이들을 닮은 가을 하늘은 당신들에게 그런 잠재적인 힘이 있다고 두꺼운 경전을 열어 보이며 설법을 포기하지 않고 있다.

수녀님,
맑고 향기로운 원석

정진규 시인은 그의 시 「자유에 대하여」에서 "좋은 사람이란 잘 보존된 환경"이라고 썼다. 그렇다. 좋은 사람이야말로 가장 잘 보존된 좋은 환경이 아닌가. 꽃도, 나무도, 산도, 바다도 다 좋은 환경의 목록에 넣을 만한 것이지만, 좋은 사람이야말로 좋은 환경의 목록을 작성하는 데 맨 앞에 넣어도 좋을 대상이다.

그렇다면 '좋은 환경'이란 어떤 것일까? 그로 인해 맑아지고, 환해지고, 편안해지고, 싱싱해지고, 삶이란 살 만한 것이라는 긍정과 의욕을 갖게 하는 모습이자 풍경이다. 이런 좋은 환경

속엔 아무런 독소가 없다. 탐진치 삼독이라 불리는 중생적 독소가 말끔히 가셔져 있는 것이다. 불가에서 신중하게 정리해놓은 오계(五戒)를 잘 지키고, 육바라밀(六婆羅密)을 잘 수행하고, 팔정도(八正道)를 잘 닦아서 독소가 침범할 수 없게 만든 환경이다. 아니, 독소를 향기로 바꾼 환경이다.

시골 면소재지의 중국음식점에서의 일이었다. 점심 요기를 하려고 음식점으로 들어서니 70세를 좀 넘긴 것 같은 연세 든 수녀님과 이제 막 20대 초반으로 접어든 것 같은 앳된 수녀님이 마주 앉아 다정히 자장면을 드시고 계셨다. 가을 하늘처럼 시리고, 투명하고, 안정된 노수녀님의 모습도, 새로 시작된 봄날의 미풍처럼 따스하고, 싱그럽고, 다소곳한 젊은 수녀님의 모습도 코끝을 찡하게 할 만큼 아름다웠다. 이 두 분들의 모습으로 인하여 음식점의 지루할 만큼 평범한 풍경은 아연 정갈해지고 고아해졌다. 그분들은 그 자체로 좋은 사람이었고, 그분들은 음식점의 좋은 환경이었다.

식사를 하는 동안, 노수녀님은 거의 말씀이 없으셨다. 언어를 넘어선 이의 초월성이 푸근하고 우아하게 전해졌다. 그런 노수

다르마의 축복

녀님 앞에서 20세를 막 넘은 것 같은 앳된 젊은 수녀님은 순정하게 기대고 믿을 수 있는 거목 같은 사람 앞에서나 할 수 있는 무한 신뢰의 표정으로 종다리처럼 말을 이어갔다. 그의 말은 천진난만했고, 그의 언어적 파장은 향기로웠다. 신성을 꿈꾸는 젊은이의 아직 때 묻지 않은 기운이 식탁 너머로 기분 좋게 전해져왔다.

어림잡아 50세 정도의 차이가 나는 연세 든 수녀님과 젊은 수녀님 사이의 이 무한 신뢰는 그 자체로 좋은 풍경이자 환경이었다. 그분들이 만들어낸 공동 식탁의 풍경도 또한 좋은 환경이었다. 더욱이 그분들이 주고받는 언어의 청정한 기운은 정말로 좋은 풍경이자 환경이었다. 나는 그분들을 보면서 오랜만에 인간 앞에서 느끼는 대안심의 시간을 맞이하였다. 결코 긴장하거나 고민하지 않아도 될 인간들과 인간들의 만남이 거기에 있었다. 탐진치로 얼룩덜룩한 인간세상을 맑히고 밝히는 사람들이 거기에 있었다.

두 분은 합하여 일만 원이 되는 자장면 두 그릇 값을 지불하고 조용히 음식점 밖으로 나갔다. 50세 정도의 나이 차가 있지만 그분들은 마치 자매 같고 친구 같은 발걸음으로 동행하였다. 나는 그분들이 자리를 뜬 후에도 그분들이 앉았던 자리에 남아 있는 맑고 환한 기운을 바라보았다. 그분들의 이런 기운은 시간이 지나며 시나브로 다른 기운들로 대체되고 말았지만, 그 좋은 풍경이자 환경은 지금도 내 마음 깊은 곳에 살아 있다.

좋은 사람은 좋은 환경이다. 이 나라가 좋은 환경을 지닌 국가가 되려면 자연 생태계를 돌보는 일만큼 좋은 사람을 키우고 아껴야 할 것이다. 좋은 사람은 자연 생태계뿐만 아니라 인간 생태계를 빛나게 하는 원석이다. 그들이 있음으로써 세상의 칙칙한 어둠은 옅어진다.

다르마의 축복

다탁(茶卓), 법향(法香)의 테이블

허만하 시인은 '시란 무엇인가' 라는 질문에 대해 '시' 가 인간과 짐승을 구별하는 지점이라고 말하였다. 인간이 빵(밥)만으로 살 수 없다는 말의 다른 표현이리라.

나는 이런 허만하 시인의 담론에 '차(茶)' 가 인간과 짐승을 구별하는 지점이라는 말을 덧붙이고 싶다. 차란 결코 배부르게 하는 것이 아니지만 사람들은 밥보다 더 비싼 차를 긴 시간 속에서 향유하고 있지 않은가.

차는 향유의 품목이다. 그러나 그 향유는 단순한 문화 감각을 넘어 영성을 자극한다. 차를 마시면서 우리는 가쁜 숨결이 가라앉고, 탁한 목소리가 맑아지며, 고단한 표정이 우아해진다. 그리고 무엇보다 내면적 인간이 된다.

차를 마시는 탁자를 다탁이라고 부른다. 다탁은 실용성을 넘어선 미학의 산물이요, 신성의 장소이다. 다탁은 식사를 위해 마련된 식탁처럼 편리한 도구는 아니지만 그보다 아름답고 품위가 있으며 고급스럽다. 이런 다탁이 편안하게 놓여 있는 곳은 어디나 문화적, 심미적, 영성적 기운이 감돈다.

다탁 가운데 으뜸은 사찰의 스님들이 수행하시는 승방의 다탁이다. 넓고, 두텁고, 투박하고, 나지막하며, 원만한 승방의 다탁이야말로 인간들이 집착하는 도구의 도구성을 아주 멀리 벗어난 세계의 산물이다.

승방의 다탁을 마주하면 그 순간 마음이 안정된다. 넓고 두텁고 투박하며 나지막하고 원만하기까지 한 스님들의 다탁은 넓이가 주는 여유로움, 두터움이 주는 신뢰감, 투박함이 주는 편안함, 나지막함이 주는 겸허함, 원만함이 주는 조화로움의 감

다르마의 축복

정을 한꺼번에 느끼게 한다. 이런 다탁과 마주하고 다탁에 초대받는 일은 진정 우리가 짐승의 피를 안정시키는 인간의 일에 참여하는 일이다.

다탁의 이런 미학과 영성은 그에 걸맞은 차문화와 차담으로 그곳을 예술적 공간이거나 수행의 장소로 거듭나게 한다. 한갓 풀에 불과한 녹색 이파리를 문화 품목이자 수행 품목으로 바꾸어 질적인 승화를 이룬 찻잎, 너무나도 작아서 상식이 낯설게 파괴되도록 만드는 찻잔과 다호, 여유를 한껏 연장시키는 다양한 다른 다기들, 차를 우려내고 마시는 비효율적인(?) 절차와 과정은 그야말로 최승호의 시집 제목 '아무것도 아니면서 모든 것인 나'의 그것처럼 '아무것도 아닌 것을 모든 것'으로 만들어내는 인간 지성과 영성의 최종적인 발현상이다.

아무것도 아닌 것을 모든 것으로 만드는 것은 인간만이 할 수 있는 일이다. 이것이 인간과 짐승을 구별하는 것이라면 다탁 위에서 차를 마시는 행위야말로 인간들이 아무것도 아닌 것을 모든 것으로 만듦으로써 그들의 삶을 짐승과 구별하게 하는 차별적 행위이다. 그런 까닭에 결코 먹어서 배가 부르지 않는 차

를 이렇게 공들여서 만들고 마시고 나누는 인간 행위는, 인간
들의 너무 과도한 짐승성 앞에서도 아주 헤어날 수 없게 절망
하지는 않도록 해주는 묘약이다.

 수행으로 이미 거듭나서 다향(茶香)보다 진한 법향(法香)을 대
접하시는 스님의 다탁에 둘러앉아 짧지만 긴 차담을 나누고 싶
다. 그리고 그 다탁과 차담의 힘으로 세상살이에서 누적된 탁
기를 청기로 바꾸며 조금씩 비상하는 삶을 살아보고 싶다.

다르마의 축복

귀가(歸家) 1,
본향으로 가는 기쁨

　사람들은 매일 출가와 귀가를 거듭한다. 아침이면 직장으로 출가를 하였다가 저녁이면 집으로 귀가를 하는 것이다.

　귀가를 할 집이 있다는 것은 우리가 돌아가 쉴 곳이 있다는 뜻이다. 집이란 외적 삶과 구별되는 내적 삶의 공간이요, 사회적 삶과 구별되는 개인적 삶의 세계이며, 의식적 삶과 구별되는 무의식의 소리에 귀를 기울일 수 있는 공간이다.

　집에서 우리는 아무의 눈치도 보지 않는다. 일상복으로 갈아입고 어정거리며, 유년기에 배운 방언을 말하고, 자신의 생체 리듬에 맞게 식사를 하고, 누구도 침범할 수 없는 부드러운 소파나 침대에 누워 이완의 기쁨을 느낄 수 있으며, 취미와 취향에 몰입하여 시간을 잊을 수도 있다.

집에 대한 여러 가지 규정이 있겠지만 집은 몸의 연장이다. 이런 집은 나를 보호하고 품어준다. 집에서 나는 프라이버시를 지킬 수 있으며 그 힘을 길러 내일 아침 집밖으로 나아갈 수 있다.

집은 나를 이렇듯 심연이자 가장 깊은 안쪽의 세계로 데려간다. 앞서 언급한 것들도 그러하지만 집은 특별히 나를 잠의 시간으로 데려간다. 잠은 기나긴 침묵과 인간 존재의 시원성을 회복하게 하는 일이다. 집이 아니라면 어디서 우리가 잠을 자고 힘을 기를 수가 있겠는가.

불가에선 '집'을 아주 중요하고 본질적인 것으로 여기며 '집'의 비유로 불법을 설명할 때가 많다. 귀가(歸家), 환가(還家), 본가(本家) 등과 같은 말이 대표적이거니와, 돌아갈 집 혹은 본래의 집이 없는 사람들을 불교는 '떠돌이'라고 말한다. 그리고 우리의 불행과 고통은 이 떠돌이의 상태를 깨닫고 해결하지 못한 데서 온다고 생각한다.

물론 불가에서 말하는 집은 불성(佛性) 자리, 본성(本性) 자리, 법성(法性) 자리를 가리킨다. 현상계의 세간적인 집과 다른 우주적인 집이요, 불변하는 영원성의 집이다. 하지만 이런 근본적인 집의 자유와 평화를, 개체로서 육신을 갖고 살아야 하는 세간 속의 인간들은 이 땅의 물리적인 자신의 집에서 비슷하게 체험한다.

불법은 팔만대장경을 만들면서까지 이 본가(本家)로서의 '집'으로 귀가하라고 반복하여 외친다. 그 집으로 돌아가지 않는 한, 수십 채의 집을 이 땅에 갖고 있어도 떠돌이의 방황을 멈출 수 없다고 알려주면서 말이다. 「심우도(尋牛圖)」이자 「십우도(十牛圖)」에서도 여섯 번째 도상은 '기우귀가(騎牛歸家)'이다. 소로 표상된 법성 자리를 보고 그 법성의 소를 타고 법의 자리인 집으로 돌아간다는 뜻이다. 이처럼 일단 발심한 사람은 집을 보아야 하고 그 집으로 돌아가야만 그 다음의 수행이 차원을 높여가며 전개된다.

만해 선사도 그 유명한 시집 『님의 침묵』을 쓰면서 자신이 이 시집을 쓰는 까닭은 "해 저문 벌판에서 돌아가는 길을 잃고 헤매는 어린 양(羊)"들 때문이라고 서문에 적었다. 그들이 집을 찾고, 집으로 돌아가는 길을 찾고, 마침내 집에 돌아가기를 바라는 마음에서 시집을 출간하게 되었다는 것이다. 이런 보살심의 작용을 세속의 집에 고착된 자는 이해하기 어려우리라.

집을 보고 귀가이자 환가를 한 사람의 눈에, 집을 모르고 떠돌며 방황하는 '객수인(客愁人)'들을 보는 일은 안타깝다. 그리고 그 객수인들이 스스로 지어서 받는 자업자득의 수심(愁心)을 보는 일도 너무나 안타깝다. 욕망과 카르마의 충동에 따라 한 세상이 흘러가는 것을 보는 일 또한 안타깝다. 더욱이 그 흐름이 모든 것인 줄 알고 이 급류에 집단으로 몸을 싣고 떠나는 인류를 보노라면 무엇이라 말하기 어려운 심정이 된다.

다르마의 축복

귀가(歸家) 2,
영원으로 사는 기쁨

어린이들이 학교 공부를 마치고 잘 귀가한 것을 보면 안심이 된다. 일하러 나갔던 부모가 일을 마치고 잘 귀가한 것을 보아도 안심이 된다. 여행을 갔던 삼촌이며 이모가 잘 귀가한 것을 보아도 안심이 된다. 밖에 나가 놀던 아이들이 집으로 잘 돌아온 것을 보아도 안심이 된다.

그가 누구든, 모든 이들이 집을 나갔다 일을 마치고 잘 귀가하면 안심이 되는 것이다. 안전한 곳으로 잘 돌아왔다고, 뜻한 바를 잘 이루었을 것이라고 생각하며, 떠난 자에 대해 가졌던 불안감을 내려놓게 되는 것이다.

귀가 가운데 최고의 귀가는 본지(本地)니, 본처(本處)니, 본향(本鄕)이니, 부모미생전(父母未生前)의 자리이니 하는 그곳으로 돌아가는 것이다. 이런 자리이자 고향집으로 돌아간 자를 불교는 본래면목(本來面目)을 본 자, 본지풍광(本地風光)을 꿰뚫은 자, 견성(見性)을 성취한 자라고 부른다. 이렇게 근원적인 귀가를 한 자들의 가장 큰 변화는 객인의 마음에서 주인의 마음이 되는 것이요, 떠도는 자의 마음에서 정착한 자의 마음으로 사는 것이다.

실제로 인간들은 누구나 이런 귀가의 대완성을 꿈꾸고 있다. 세속의 가변적이고 일시적인 집만이 아니라 우주의 불변하며 영속적인 집을 찾아 귀가하고 싶은 것이다. 그러나 그것은 쉬운 일이 아니기에 진정한 귀가를 위한 무한 노력과 정진이 이루어진다. 하지만 그렇다고 하여 귀가의 완성이 이루어지지 않기에 수많은 사람들은 평생을 적잖게 '객수중(客愁中)'에서 살고 있다.

귀가를 꿈꾸던 자들이 귀가의 성취를 알리는 노래가 '오도송(悟道頌)'이다. 비로소 우주의 영원한 집을 보았으니 더 이상 집

다르마의 축복

을 찾아 방황할 일이 없으며 자신이 본 집의 모양은 이렇다는 것을 알리는 법어(法語)이다. 수많은 스님들이 오도송을 불렀거니와 오도송의 전통을 가진 불가의 오도미학(悟道美學)은 무척이나 우아하고 숭고하다.

우리에게 친근한 만해(萬海) 스님의 오도송은 널리 알려져 있다. 만해 스님은 39세가 되던 해에 그의 오도송을 다음과 같이 불렀다 : "남아도처시고향(男兒到處是故鄕)/기인장재객수중(幾人長在客愁中)/일성갈파삼천계(一聲喝破三千界)/설리도화편편비(雪裏桃花片片飛)." 이 오도송을 해석해보면 다음과 같이 될 것이다 : "사나이가 발을 디딘 곳은 그곳이 다 고향이거늘/어떤 사람들이 오랫동안 객수중에 있는가/한 소리가 삼천대천세계를 두드려 깨우니/눈발 속에서 복숭아 꽃잎이 난분분 날아오르고 있더라."

그러나 귀가의 노래 가운데 완성본은 '열반송(涅槃頌)' 이라고 해야 할 것 같다. 세속의 인간들이 가장 피하고 싶은 육신의 죽음이라는 소멸의 현상을 맞이하면서 그것을 우주적 문법으로 승화시켜 노래 부르는 것이 '열반송' 이다. 이것 또한 불교의 전통인데 이는 그야말로 인간 존재의 가장 숭고한 모습을 보여주는 일 가운데 하나이다. 오도 미학도 대단하지만 열반 미학은 더욱더 대단하다. 여기서 '귀가의 완성'이 이루어지고 죽음은 아무렇지도 않은 진리의 에피파니가 된다.

열반송 가운데 가장 잘 알려져 있는 것은 많은 사람들의 존경을 받는 성철(性徹) 스님의 열반송이다. 한평생 남녀를 속인 죄가 수미산 같다는 참회와 그럼에도 불구하고 붉은빛을 토해내는 태양이 푸른 산에 걸려 있다는 우주적 진리를 '직지(直指)'한 노래이다. '열반송'을 부르며 죽음을 완전한 귀가로 바꾸는 고승들의 삶을 보면 대안심이 된다. 그분들은 귀가의 참뜻을 알고, 귀가의 정도(正道)를 알고, 귀가의 기쁨을 말할 수 있는 이들이며, 이 땅의 두려운 죽음을 몇 차원 높은 곳으로 들어 올려 죽음의 두려움을 달래주는 이들이다.

다르마의 축복

열반송(涅槃頌), 크나큰 정화의 송가

시에는 여러 가지 종류가 있다. 그 가운데 '서시(序詩)'와 '종시(終詩)'도 있다. '서시'는 자신의 삶의 '출사표'와 같은 것이요, '종시'는 삶의 길을 회고하고 마무리하는 노래이다.

'서시'도, '종시'도 실은 쓰기가 어렵다. 그렇게 많은 사람들이 좋아하는 윤동주 시인의 「서시」도, 시를 사랑하는 소수의 사람들이 아끼는 박정만 시인의 「종시」도 대충 살아서는 씌어지기 어려운 경지이다. 자신의 삶에 대한 정돈된 사유와 죽음에 대한 비장한 타협과 화해가 없는 한 서시와 종시를 쓰기가 어려운 것이다.

시는 아니지만, 서양 사람들에겐 '묘비명'을 쓰는 문화적 관습이 있다. 묘비명도 잘 쓰기는 쉽지 않다. 삶과 죽음을, 자신과 세계를 깊이 사유하고 통찰한 자만이 묘비명다운 묘비명을 쓸 수 있다. 그렇더라도 묘비명을 스스로 써보는 일은 대단한 자기반성과 자아성찰의 시간을 갖는 일이다.

그러나 죽음을 맞이하여 부르는 노래 가운데 최고의 정신적 깊이와 미학적, 문화적 전통을 가진 것은 '열반송(涅槃頌)'이라고 생각된다. 생명의 죽음을 열반으로 바꾸는 그 엄청난 용기와 세계관, 그리고 죽음을 향한 마음을 시의 한 형태인 '송(頌)'으로 미학화하는 고상함과 여유로움은 인간이 도달할 수 있는 최고의 경지라 하지 않을 수 없다.

이처럼 죽음을 진리화, 우주화, 미학화, 문화화함으로써, 생사 문제의 궁극인 죽음의 주변에 따라다니기 쉬운 연연함과 비루함과 패배감의 흔적은 사라진다. 누가 이런 '열반송'의 전통을 만들어냈을까? 탄생의 노래는—예수의 탄생을 기리는 성탄의 노래, 고타마 싯다르타의 탄생을 찬탄하는 불탄가, 우리 같은 범인들의 탄생을 기리는 생일축가 등—어디서나 만나기 쉽지만, 죽음을 노래하는, 그것도 자신의 죽음 앞에서 노래를 부르는 전통은 희귀하면서도 소중하기 짝이 없는 일이다.

　죽음을 '무루복(無漏福)'으로 진리화, 미학화, 복음화시키는 열반송은 인간으로서 인간의 한계를 넘어는 최고의 의식이다. 죽음에 저당 잡혀 전 생을 번뇌 속에서 살아가는 보통 사람들에게 열반송은 이런 세계도 있다는 것을 알리며 무명으로 인한 번뇌를 깨트려준다. 일반인의 죽음조차도 우리를 정화시키는 데 크게 기여하거니와, 고승들의 열반송의 소식은 몇 배나 크나큰 정화의 시간을 우리에게 선사한다. 선물 치고는 너무나도 큰 선물이다.

　나는 우리 현대시를 전공하면서 참으로 많은 시인의 정말로 많은 시를 읽으며 살아왔다. 좋은 시는 우리를 열반과도 같은 영원한 자유와 해방의 세계로 점점 가까이 다가가게 하는 힘을 갖고 있었다. 좋은 시를 읽으면 몸에 피가 잘 돌고, 정진규 시인의 말처럼 몸이 개운해지며 어혈이 풀리는 반응이 일어났다. 그러니까 어떤 시가 좋은 시인지의 여부는 계산하기 이전에 몸의 상태로 감지된다. 과학적으로 말하자면 좋은 호르몬이 나오는 것일 터이고, 과학 너머의 말로 표현하자면 영혼의 심연이 움직이며 살아나는 것일 터이다.

열반송을 쓸 수 있는 경지에 이르게 된다면……. 좋은 시로 누군가의 몸을 개운하게 해줄 수 있다면……. 그것도 아니면 열반송이나 좋은 시를 찾아서 보시행이라도 할 수 있었으면…….

다르마의 축복

매미의 울음,
직심과 일념의 마음

매미들의 울음소리가 허공을 흔들며 흐르기 시작하면 일 년 중 가장 무더운 8월이 된 것이다. 이런 매미들의 울음소리는 장강(長江)의 긴 물소리와 해풍(海風)의 야생적인 바람소리를 닮았다. 어찌 들으면 물소리 같고, 또 달리 들으면 바람소리 같은 이 매미들의 울음소리는 여름날의 청량제이다.

매미들의 울음소리에는 강직한 간절함이 담겨 있다. 결코 타협할 것 같지 않은 직심(直心)이, 혼신을 다해 울어대는 일념(一念)이 느껴지는 것이다. 매미들의 이와 같은 울음소리를 듣고 일본의 그 유명한 하이쿠 시인 바쇼(芭蕉)는 "너무 울어 텅 비어버렸는가 이 매미 허물은"이라고 썼는지 모르겠다.

나는 생각해본다. 왜 매미 울음소리를 들으면 잠시나마 존재가 시원해지는 것 같고, 마음이 놓이는 것 같으며, 깊이 공감이 되는 것인가 하고 말이다. 매미 울음의 그 시원함은 간절함의 뜨거움을 넘어선 자리에서 오는 것 같고, 매미 울음소리에 마음이 놓이는 것은 강직함의 궁극 같은 것이 주는 신뢰감 때문인 듯하다. 그리고 매미 울음소리에 깊은 공감을 느끼는 것은 우리들의 삶도 그와 같은 열성과 그리움을 안고 있기 때문인 것 같다.

점심식사 후 가벼운 오수에 들었을 때, 설익은 잠 사이로 가볍게 스쳐가는 매미의 울음소리는 오수의 맛을 한껏 멋스럽게 해준다. 그리고 이른 아침, 부지런한 사람보다 먼저 일어나 울기 시작하는 매미의 울음소리는 아침을 보다 비장하게 시작하도록 만든다. 또한 저녁 무렵 더위도 조금 가신 때에 소나기처럼 한꺼번에 울어대는 매미 울음소리는 하루의 고단함을 물처럼 씻어준다. 또 있다. 가벼운 산책길에 만나는 매미 울음소리는 산책 내내 친구가 되고, 정자나 원두막에 앉아서 시원한 음

다르마의 축복

료수라도 마시며 듣는 매미 울음소리는 삶을 낭만적으로 만들어준다.

깊은 숲 속에 가보면 매미들이 사람도 없는 곳에서 저희들끼리 울어댄다. 그들만의 한세상을 이룩한 곳은 금지구역 같고, 인기척이라도 나게 되면 몇 마리의 매미들은 울음소리를 아예 그치거나 자리를 옮겨가며 당황스러워한다. 그러고 보면 매미는 사람들의 일과 무관한 그들의 길을 가는 것 같다. 괜스레 호기심 많고 간섭하기 좋아하는 인간들이 그들의 울음소리에 마음을 빼앗기고, 때로는 그들의 삶의 방식을 은유화하며 소란을 떠는 것 같다.

도시화가 심각하게 진행되면서 매미들의 울음소리도 소음으로 느껴질 만큼 달라졌다고 한다. 그들도 도시에서 살아가는 방식을 익힌 것이리라. 그러나 매미가 울지 않는 여름은 아직 생각할 수 없다. 소음과 같이 강해진 매미 울음소리라도 해마다 들어 봐야 무더운 여름 속에 한 치의 자연성과 낭만성이라도 깃들 것이고, 여름이 어디까지 왔는지를 가늠할 수 있을 것이다.

8월이 막 시작된 지금, 도시를 조금 비켜선 시골에서 듣는 매미 울음소리는 너무나도 자연스럽고 친화적이다. 아무리 매미 울음소리가 커져도 초목과 허공이 그들의 소리를 넉넉한 품으로 끌어안고, 이곳의 사람들 어느 누구도 매미 울음소리를 따로 의식하며 말을 지어내지 않는다. 그저 삶 속에서 하나가 되어 여름을 나는 이곳의 풍경이 평화롭다.

해풍(海風), 시원으로
돌아가는 기쁨

인연법에 따르자면, 지구가 그러하듯이 바다도 인연 따라 만들어진 가유(假有)이자 가상(假相)의 세계이지만, 바다의 크기와 역할이 너무나도 대단하기 때문에 사람들은 바다의 소멸이나 해체를 상상하기가 쉽지 않다. 바다는 처음부터 거기에 있었던 듯하고, 바다는 영원토록 그곳에 남아 있을 것만 같은 것이다.

이런 외경과 믿음의 바다에서 바람이 불어온다. 사람들은 그 바람을 '해풍'이라고 부른다. 산에서 부는 바람이 산의 속성을, 들녘에서 부는 바람이 들녘의 속성을, 남쪽에서 불어오는 바람이 남쪽의 속성을 담고 있듯이 바다에서 불어오는 바람은 바다의 속성을 담고 있다.

바다에서 불어오는 바람은 야성적이다. 누구도 다스릴 수 없는 바다만의 시원성이자 원시성이 거기에 담겨 있다. 또한 바다에서 불어오는 바람은 시작을 알 수 없는 먼 곳이자 오래된 곳을 떠올리게 한다. 무한성이라고 말하면 될까? 미지의 세계라고 말하면 될까? 어떤 아스라한 신비가 그 속에서 느껴지는 것이다.

그런데 이상한 일이다. 바다에서 불어오는 바람은 야성적이지만 진중하고, 아스라하지만 다정하다. 그리고 점액질 같으나 시원하다. 왜 이런 묘한 느낌이 나는 것일까? 그리고 사람들은 해풍의 매력에 빠져들게 되는 것일까?

잠시 생각해본다. 바다의 넓이와 깊이 그리고 시간성과 생명성이 해풍을 진중한 것으로 느끼게 하는 것이고, 바다가 인류를 포함한 모든 생명들의 고향이기에 다정한 느낌을 갖게 하는 것이며, 해풍이란 물 기운이 만들어낸 바람이기에 시원한 느낌을 주는 것이 아닌가 하고 말이다.

다르마의 축복

이와 같은 해풍에 몸을 맡기면 집착심도 소외감도 없는 어떤 중도성의 균형 감각이 찾아온다. 가까운 일 때문에 일어나는 아픔도, 너무 멀어져서 오는 비현실감도 다 함께 사라지는 것이다. 그러므로 뭔가 마음이 유약해지거나 비틀거릴 때, 알 수 없는 무기력감과 무관심이 엄습해올 때, 바다를 찾아가 한 며칠쯤 해풍을 맞으면서 걷다 보면 이상하게도 토대가 튼튼한 집처럼 무게감이 생기고 척추가 곧게 펴지듯 당당해진다.

이런 해풍과 함께 살아가며 수련된 나무들을 보는 일도 남다른 느낌을 준다. 특히 이 땅의 해안가를 따라 늘어선 해송(海松)들이 주는 느낌은 강렬하다. 그리고 그런 바람 속에서 자라난 풀들이며 곡식들을 보는 일도 예사롭지 않다. 또한 그런 바람 속에서 마른 건어물이며 해안가의 바위들을 보는 일도 말하기 어려운 감회를 안겨준다.

육지보다 언제나 낮은 곳에 물이 있다. 그 물 가운데 가장 큰 물이 바닷물이다. 이 바닷물은 육지와의 만남에서 해풍을 만들어내고, 육지엔 바다의 소식이 이렇게 전달된다. 물론 육지도 바다에 그만의 모습으로 소식을 전한다. 우리들이 크게 주목하지는 않지만 이른바 육풍을 통하여 육지는 바다에 소식을 전하며 소통한다. 해풍과 육풍, 이 두 바람의 오고 감이 흥미롭다.

여래십호(如來十號),
다르마의 축복

여래(如來)라는 말은 여거(如去)라는 말과 합해질 때 그 뜻이 더욱 온전해진다. '여래여거(如來如去)'! 그러니까 '여법하게 오셔서 여법하게 사시다 여법하게 가신 분', '진여에서 오셔서 진여로 사시다 진여로 가신 분', '진리의 몸으로 오셔서 진리의 몸으로 사시다 진리의 몸으로 가신 분'이 여래이다.

이 여래는 진성(眞性) 그 자체를 지칭하는 용어이자 화신불(化身佛)인 석가모니 부처님을 지칭하는 이름이기도 하다. 추상으로서의 여래이든, 구체로서의 여래이든, 여래는 진리의 성품을 표상하기 위한 언어이다.

이런 여래를, 특별히 화신불인 석가모니 부처님을 사람들은 열 가지 다른 별호로 불렀다. '여래'라는 한 마디 말로써 그분의 전모를 드러내기 어려우니까 그랬을 것이고, 또한 이 한 마디 말로써 사람들에게 이분을 친절하게 알리기가 부족했으니까 그랬을 것이다. 어쨌든 말은 한계가 있으나, 그 한계를 넘어서고자 또 다른 말을 쓸 수밖에 없는 것이 인간들의 현실이다.

여래십호를 부르고 음미하다 보면 오염된 세상과 삶이 조금씩이나마 청정해져오는 것을 느낄 수 있다. 도저히 어찌해볼 수 없는 우리들의 묵은 업장이 아주 조금씩이나마 녹아내리며 걷히는 느낌도 찾아오는 것을 절감할 수 있다. 그런 점에서 여래십호는 만트라이다.

응공(應供), 정변지(正遍知), 명행족(明行足), 선서(善逝), 세간해(世間解), 무상사(無上士), 조어장부(調御丈夫), 천인사(天人師), 불(佛), 세존(世尊), 이렇게 열 가지가 여래십호이다. 응공은 마땅히 공양을 받을 만한 분이라는 뜻이요, 정변지는 진리를 바르고 완전하게 두루 깨달은 분이란 뜻이요, 명행족은 지혜가 밝고 행동이 구족한 분이란 뜻이요, 선서는 윤회하지 않고 잘 가

다르마의 축복

신 분이란 뜻이요, 세간해는 세상일을 모두 다 환히 알고 있는 분이란 뜻이요, 무상사란 세간에서 가장 높은 분이란 뜻이요, 조어장부란 중생들을 잘 다스려서 진리에 이르게 하는 분이란 뜻이요, 천인사란 천상과 인간계를 아우르는 스승이란 뜻이요, 불은 깨친 자(붓다)란 뜻이요, 세존은 지혜와 덕으로써 세간에서 존경받는 분이란 뜻이다.

 나는 이 가운데 맨 앞에 나오는 '응공'이라는 말 앞에 한참을 멈춰 서서 생각에 잠긴다. 마땅히 공양받을 자격이 있는 분이라는 이 뜻은 우리가 왜 이 세상에서 태어나 삼시세끼를 먹으며 사는지에 대한 새로운 사유와 성찰의 시간을 갖게 하기 때문이다. 모든 공양은 나 이외의 다른 생명이나 존재들의 도움으로 이루어진다. 심하게는 다른 생명들을 죽여서 먹음으로써 나의 공양이 이루어진다. 나는 그 생명들이나 존재들의 도움으로 생명 에너지를 생성하고 비축하면서 이 에너지를 도대체 어디에 쓰고 있는 것인가? 이런 물음 앞에서 적잖이 당황할 수밖에 없다. 우리는 그 에너지의 대부분을 탐진치를 가동시키는 데에 쓰고, 그것이 뜻 같지 않으면 번뇌(스트레스)에 사로잡혀 하루를, 아니 전생을 허둥대기 때문이다.

여래십호(如來十號), 다르마의 축복

공양받은 것을 이렇게 회향하는 것은 질 낮은 삶이다. 이른바 '밥값'을 제대로 하고 살지 못하는 삶이다. 한세상 공양받고, 그 힘으로 아상의 몸부림이나 치다 가는 삶이 씁쓸하다.

다르마의 축복

스승과 제자,
본심을 가꾸는 시간

정현종 시인은 『유심(惟心)』지(2015년 봄호)의 권두시론으로 '젊은 시인들에게 보내는 편지'를 쓰면서 시란 "세상의 영예(榮譽)로운 것으로의 변용"을 꿈꾸는 장르라고 전하였다. 그리고 그 영예로운 것으로의 변용이 이루어진 하나의 실례로 자신의 사제지간의 경험을 들었다. 그는 이에 대해 쓴 자신의 시를 소개하고 있는데 그 제목은 「한없이 맑은 친밀함─사제지간을 기리는 노래」이다.

이 '한없이 맑은 친밀함'이란 어떤 것인가? 정현종은 그것을 가족 같은 닫힌 본능의 친밀감과도 구별되고, 이성애적 연애 같은 배타적 감정의 친밀감과도 구별되는, 아주 특별한 감정이라고 하였다. 그러면서 덧붙이기를 굳이 이런 마음이 가능한 상태를 밝힌다면, '구김살 이 없는 상태'라 할 수 있을 것이라 하였다.

그가 말하는 '구김살 없음'이란 내 식으로 바꾸어 표현하면 '사(私), 사(邪), 잡(雜)'이 사라진 상태이다. 하나의 이상적인 공동 목표를 같이 마음에 품고 계산 너머의 자리에서 이끌고 따라오고 함께하며 이른바 '협력하여 선을 이루고자 하는' 그런 상태라 할 수 있을 것이다.

오랫동안 대학의 강의실은 실로 구김살 없는 성소였다. '진리'에 대한 경외감을 중심으로 모인 공부인들의 신성한 탐구와 지성이 작동하는 장소였다. 그러나 대학이 소유의 정신에 사로잡힌 지금, 대학의 강의실도, 사제지간도 위태롭기만 하다.

이와 같은 사제지간의 백미는 승가 공동체에 있다. 세간의 가족, 친지, 세력 등을 버리고 나온 출가인들의 마을에 너무나도 수준 높은 사제지간의 삶이 있는 것이다. 은사 스님을 중심이

다르마의 축복

자 정점으로 하여 수행 생활이 이루어지는 승가 공동체에서, 법을 전하고 그 법을 전해 받는 사제지간은 영혼의 스승과 제자로 맺어진 관계이다.

물론 승가 공동체의 처음부터 영원까지 한가운데 존재하는 대스승은 붓다이다. 붓다를 중심이자 정점에 놓고 모든 출가인들이 수행승이자 도반으로 살아가는 것이다. 그러나 붓다는 인격 너머에 있고, 화신으로서의 붓다인 석가모니 부처님은 오래 전에 열반하셨으니, 승가 공동체마다 방편으로나마 스승이 계시고, 그 스승을 따르며 제자가 공부를 하고 있다.

나는 이런 승가 공동체에서의 사제지간의 삶을 떠올릴 때마다 스승에 대한 한없는 믿음 속에서 살아가는 제자들의 순수함과 순정함에 감동한다. 그리고 제자를 받아들여 그들에게 헌신하는 스승의 열정에 감동한다. 특히나 일순 찾아오는 오도(悟道)의 경지를 스승에게 게송으로 지어다 바치며 인가가 떨어지기를 기다리는 제자의 모습을 상상하고 가슴이 뜨거워지는 경험을 한다. 또한 제자의 미흡한 오도의 노래를 받아들고서 진정한 오도를 일깨워주기 위해 가르침의 방식을 탐구하는 스승의 인내심을 생각하며 마음이 저려오는 것을 느낀다.

스승에 대한 절대적인 믿음이 없으면 공부는 제대로 되지 않는다. 스승에 대한 절대적인 믿음이 생길 때 스승은 은사가 된다. 마찬가지로 제자에 대한 절대적인 사랑이 없으면 가르침은 베풀어지지 않는다. 제자에 대한 그런 마음이 생길 때 제자는 후손이 된다. 사제지간조차 세속법의 지배를 받게 된 현실을 아파하며, 이런 출가인들의 공동체를 떠올려본다.

다르마의 축복

성지(聖地), 전등록(傳燈錄)이
살아 있는 자리

불교식으로 말한다면 이 땅 어디나 다 불성이 깃들어 있으니 모든 곳이 성스러운 땅이다. 또한 기독교식으로 말한다면 이 땅 어디나 다 하나님이 창조한 곳이니 모든 곳이 성지이다. 유가나 음양론적으로 말해도 그렇다. 모든 땅은 중화지기(中和之氣)를 도모하고 있으니 성지가 따로 없다.

이처럼 우리가 사는 땅의 모든 곳이 성지이지만 사람들은 특별히 성지를 구분해서 사모하고 기린다. 그 준거로 삼는 것은 사람들이 그곳에서 성스러운 행위를 하거나 그런 삶을 살았느냐의 여부이다. 그리고 보면 평범한 인간들의 마음 한가운데에도 '성스러움'에 대한 그리움과 외경이 있다. 나는 그렇게 행동하거나 살지 못하여도 그러한 행동을 하고 삶을 산 사람들을 흠모하며 닮고 싶은 마음이 있는 것이다.

사람들은 '성지'를 금줄로 표시하여 보호하고, 성지순례를 한다며 날짜를 잡고, 성지를 찾아가 예배한다. 그런 곳을 두고, 그런 곳에 가서, 그런 곳을 만들어낸 사람들의 기운 속으로 들어가고 싶은 것이다. 말하자면 인간 속의 불성과 법성, 신성과 선성, 태극과 무극의 진실을 만나고 일깨우고 싶은 것이다.

그렇다면 성지를 만들어내는 성스러운 행동과 성스러운 삶에서의 '성스러움'이란 어떻게 생성되고 창조되는 것일까? 도대체 성스러움이란 것은 어떤 경지, 어떤 상태를 가리키는 말일까? 한 마디로 말한다면 성스러움이란 일체(一切)를 일체(一體)로 보는 일심(一心)의 경지이자 상태이다. 인간들이 자신만의 생존 욕구를 위하여 이기적인 개체성과 에고중심주의 속에 함몰된 상태에서 벗어나 눈을 뜨고 전체의 진실을 파악하여 전체를 자신과 동일시하고 살아가는 삶, 그것이 성스러움의 경지이고 상태인 것이다.

다르마의 축복

개체를 볼 때 우리는 허상을 보나, 전체를 볼 때 우리는 실상을 본다. 에고의 생존 욕구에 함몰될 때 우리는 시공의 지배를 받는 유한성의 존재이나, 전체의 일체성을 볼 때 우리는 시공의 한계를 넘어선 영원과 무한의 존재가 된다. 석가모니 부처님이 '자등명(自燈明) 법등명(法燈明)'을 유언으로 내놓으실 때, 예수님이 내 뜻대로 말고 아버지 뜻대로 하시라고 마지막 기도를 드릴 때, 이 말씀들은 우리를 성스러움의 경지와 상태로 안내하는 금언이다.

이 지구별 곳곳에 사람들이 만들어놓은 성지가 있다. 똑같은 공간이지만 그곳에선 인간 심연에 존재했던 성스러움의 기운이 뿜어져 나옴으로써 공간의 성격이 달라진다. 그곳에서 사람들은 새사람이 되고, 세상의 지배자가 되려고 뛰어다니던 근육질의 인간들도 가장 비공격적인 자세가 된다. 머리를 조아리는 사람, 무릎을 꿇는 사람, 절을 하는 사람, 오체투지를 하는 사람, 그야말로 모든 사람이 자기중심성과 공격성을 버리고 '하심(下心)'한 자의 표정을 하고 있는 것이다.

늦은 시간, 길을 가다 성당을 지날 때가 있다. 캄캄한 어둠 속에서 성모 마리아가 두 손을 모으고 서 있다. 또한 자그마한 사찰을 지날 때도 있다. 누가 기도를 하는지 법당에 불이 켜져 있다. 시골의 작은 교회당을 지나갈 때도 있다. 허술한 첨탑에서도 십자가가 빛나고 있다.

제5부

하얀 식탁보,
초월을 꿈꾸는 문명

먹는 일을 생각하면 늘 난감하다. 다른 생명을 죽여서 먹어야만 내가 살게 되는 살생의 일, 하루 세끼의 식사를 죽는 날까지 반복해야만 살아갈 수 있는 일, 먹는 것을 준비하기 위해서 평생 사냥을 하거나 농사를 짓고 음식을 장만해야 하는 고단한 일, 먹은 것의 사후 처리가 너무나도 번거롭고 수많은 그림자를 남기고 마는 미완의 일, 실은 이 먹는 일 때문에 작은 싸움에서 큰 전쟁에 이르기까지 수많은 싸움이 인류사 속에서 계속되었다는 것 등⋯⋯.

이런 먹는 일만큼 두렵고 공포스러우며, 공격적이고 난폭한 일도 달리 없다. 인류는 이 먹는 일의 두려움과 공포스러움, 공격성과 난폭성을 감추기 위해 문명화와 문화화의 과정을 거쳐왔다. 먹는 일 앞에서 우리는 서로서로 모르는 척 우리의 취약하나 버릴 수 없는 복잡한 짐승성을 묵인하며 애써 초월하려고 애를 쓴다. 그러나 이런 노력과 제스처가 문제를 온전히 해결해주는 것은 아니다.

이런 가운데 나는 우리들의 먹는 일이 최고의 수준으로 문명화와 문화화의 과정을 거친 한 양태가 '하얀 식탁보'의 등장이자 그 상징성이라고 생각한다. 하얀 식탁보 앞에서 우리는 먹는 일의 두려움과 공포스러움, 난폭함과 잔인함을 절제하고 승화시킨다. 천천히 먹기, 흘리지 않고 먹기, 너무 많이 먹지 않기, 음식에 먹히지 않기, 음식에 대해 사유하기……. 이런 일들이 하얀 식탁보와 더불어 의식, 무의식 중에서 일어난다고 볼 수 있는 것이다.

조금은 위선적인 것 같지만, 이런 하얀 식탁보가 깔린 정갈한 식탁 앞에 앉아 소박하나 진실한 식사를 하고, 잘 내린 커피를 한 잔 마시는 일은 보기 좋은 풍경이다. 환경이 사람을 만들고,

다르마의 축복

음식이 사람을 규정하기에, 미학적인 처소와 자리를 마련한다
는 것은 중요한 일이다.

  인간이 먹히는 존재로부터 먹는 존재로 바뀐 지는 그리 오래
되지 않았다. 인류사적 과제의 거의 전부라고 해도 좋을 이 먹
는 문제의 해결은 그만큼 어려운 일이었다. 인간이 사나운 짐
승들에게 먹히는 존재로부터 벗어난 이후에도, 실상 인간의 먹
는 일과 가난의 문제는 인간들을 옥죄이는 난제였다. 우리 문
학사를 보더라도 대부분의 문제가 먹는 일과 가난의 문제이다.
김동인의 「감자」에서 여주인공 복녀는 먹는 일 때문에 왕 서방
에게 몸을 팔고, 1980년대의 정치성을 표면화한 민중시도 그
이면에는 가난 문제가 핵심 사안으로 들어 있다.

  이제 이 땅에서 먹는 문제와 가난의 문제는 외적으로 거의 해
결되었다. 해결 정도가 아니라, 이제 사람들은 먹는 문제 앞에
서 한껏 교만과 사치를 부린다. 그들은 과잉에 가까운 미식 여
행을 하고, 비만이 문제가 되어 다이어트 산업을 발달시켰고,
방송들은 날마다 먹는 프로그램으로 겁 없이 희희낙락한다. 이
런 현실을 보노라면 먹히는 존재에서 먹는 존재로의 대전환이

가져온 중생계의 활동사진이 절제 없이 펼쳐지는 모습 앞에서 당혹스럽고 민망하기 그지없다.

불교가 그토록 금기시하며 경고하는 탐진치의 첫 번째 자리엔 식탐이 놓인다. 생존 욕구의 일차 해결 방안인 먹는 일이야말로 인간들이 사로잡히기 가장 쉬운 생존의 즉각적 바깥 경계이기 때문이다. 그래서 불교는 오후불식(午後不食)을 말하기도 하고, 발우 공양을 의식화하기도 하고, 공양게를 음송하며 밥을 약으로 전변시키고자 애를 쓰기도 한다. 그야말로 밥이란 약과 같은 것으로, 그 밥을 먹고 수행이 깊어지게 함으로써 지혜인과 자비인이 되어야 하겠다는 것이다.

이 인간들의 먹는 일이 너무나 노골적이고 소비적이며 탐욕스러워진, 소위 국민소득 3만 달러 시대의 지금 이 땅의 우리 현실을 보며, 하얀 식탁보의 상징을 꺼내어 조용히 사유해본다. 음식을 차리는 일도, 먹는 일도, 정리하는 일도 이 하얀 식탁보가 표상하는 것처럼 승화된다면 먹는 일의 난폭함과 비루함과 과도함이 조금은 줄어들지 않을까 하는 마음 때문이다.

다르마의 축복

초추(初秋)의 양광(陽光),
잉여를 정리한 햇살

   봄과 여름을 통하여 양(陽)의 길인 생장(生長)의 길을 펼쳐가던 계절이 가을과 겨울로 방향 선회를 하면서 음(陰)의 길인 수장(收藏)의 길을 열어가기 시작하는 첫 지점에서 우리는 초가을을 만난다. 초가을 햇살은 이전의 햇살과 다르고 그 햇살로 인하여 보통 사람들까지도 기나긴 여름이 끝나고 새 계절이 왔음을 실감하게 된다.

   이런 초가을의 햇살을 한자어에 익숙한 사람들은 '초추(初秋)의 양광(陽光)'이라고 다소 시적이며 철학적인 표현으로 부른다. 그리고 그 계절을 감탄하며 사랑한다. 초가을의 태양빛이

자 양명한 빛은 그 성격이 매우 특수하다. 정갈하고, 쨍쨍하고, 내향적이고, 생생하며, 무심한 듯하나 다정하다. 이 초가을 햇살이 높고 푸른 가을하늘과 어울리면 누구도 흉내낼 수 없는 우주적 풍경이 연출된다.

이때, 사람들도 자연물들도 초가을의 햇살을 닮아가기 시작한다. 앞으로 돌진하고 확장해 나아가느라 비만해지고 무거워졌던 존재의 과도한 부피와 습기를 초가을 햇살에 내어놓고 말리며 자신을 정리해가기 시작하는 것이다.

초가을 햇살 아래서 만유가 자기 정리를 해가며 존재의 균형과 내실을 다지는 성숙의 모습은 감동적이다. 초목들도, 곡식들도, 짐승들이며 곤충들도, 마을이며 집과 건물들도, 부엌의 그릇들과 쌓아둔 땔감들까지도 모두 이런 가을맞이를 의식처럼 거행하는 것이다. 물론 사람들도 그런 의식을 거행하거니와, 영물인 사람들이야말로 맨 앞에서 이런 의식을 진지하게 치른다.

초가을 햇살 속에서 붉은 고추가 뒤척이며 제 몸을 곱고 가볍

다르마의 축복

게 말리는 모습은 언제 봐도 전율을 느끼게 한다. 무거웠던 몸이 가벼워지고, 탁해졌던 색상이 고와지는 이 전변 앞에서 우리는 한 존재의 삶의 진지한 여정을 만나는 듯하다.

또한 초가을 햇살 속에서 붉고 단단해지기 시작하는 사과며, 버릴 것은 다 버리고 꼭 필요한 것들만 남겨서 키워가는 감나무의 감들이며, 부산스러웠던 외부를 정리하고 안쪽으로 깊어지기 시작하는 바위며, 더 이상 크기를 멈추고 아래쪽으로 지혜의 눈을 향하는 잔디밭이며, 물을 더 정돈하여 안쪽으로 당기듯 끌어안고 있는 샘가의 수도꼭지 등이 다 이런 느낌을 준다.

초가을 햇살 속에선 잉여가 정리되기 시작하는 것이다. 학교에서도 학습의 정리 단계로 공부 방향을 돌리고, 사람들도 한층 사색적인 존재가 되어 삶의 의미를 진지하게 묻고 정리한다. 그리고 교회나 절에서도 여름성경학교니 템플스테이니 하며 초대했던 외부인들의 흔적을 정리하며 보다 수준 높은 기도와 만행의 시간을 갖는다.

초가을 햇살이 이처럼 우리를 정리하게 하지 않는다면, 삶은 무한 증식의 장이 되어 제 무게를 감당할 수가 없는 처지에 이를 것이다. 우리는 제 스스로 욕망을 차단할 능력이 부족하기에 이런 초가을 햇살의 자연적, 우주적 운행이 고맙기만 하다. 무한 증식이란 있을 수도 없는 일이며, 만약 그런 일이 있다면 만유의 건강성은 상상할 수가 없는 환상일 것이다.

청산도(靑山道),
푸르름이 만든 길

'산(山)'을 보며 '청산(靑山)'을 생각하고, '청산'을 보며 '청산도(靑山道)'를 떠올리게 되는 시기는 신록이 깃드는 초하(初夏)의 6월에서 만록을 볼 수 있는 8월의 여름날까지이다. 여름이란 계절 전체가 그러하지만, 특히 8월이 만들어내는 성하(盛夏)의 여름과 그 만록의 산은 '청산'을 넘어 '청산도'까지 깊이 음미하게 만든다.

청산은 청색의 산을 말한다. 그러나 이것은 색채상의 표현이자 의미이고, 청산이야말로 맑음과 밝음, 푸른 기상과 신성한 이치를 지닌 정신적, 우주적, 철학적 공간이다. 그러므로

'청산'이라고 할 때, 우리는 그 세계를 신뢰하고 사랑하며 그리워한다. 그곳은 온전함의 표상이자 유토피아를 완성한 곳같이 다가오고, 그런 세계가 있기에 우리의 삶은 안정되고 희망을 키우게 된다.

성하의 산을 바라보노라면, 작은 산부터 큰 산에 이르기까지 모든 산이 당당하고 웅장하며 깊이를 지니고 있다. 우리는 무더위 속에서 연신 땀을 닦고 헐떡이면서도, 세상에 이런 청산의 세계가 있을 수 있다는 것을 깨달으며 산에 눈길을 줄 때마다 놀라게 된다. 여름날의 청산은 일체의 아래쪽 물기가 위쪽으로 솟구쳐 올라 만들어낸 '물의 푸른 산'이다. 여름 나무들을 키워내고 매력적인 존재로 만드는 것은 이 '수기(水氣)'이다. 물은 어디에 있어도 매력적이다. 호수의 물도, 장강의 물도, 바다의 물도, 도랑을 흐르는 맑은 물도 그렇다. 그래서인지 사람들은 이 물이 이끄는 대로 따라가다 그만 목숨을 잃거나 정신을 놓치기도 한다.

이런 여름날의 청산에 '청산도'가 있다고 노래한 시인이 박두진이다. 박두진의 시 속에 담긴 청산을 어떤 이들은 상상력

다르마의 축복

의 산물이자 현실이 부재한 관념으로 보기도 하는데 이런 사람들은 이 시인이 살던 경기도 안성의 금광호숫가에 있는 생가터와 성장지를 가보면 그 청산이 그들의 생각과 달리 '실제'임을 금세 알 수 있다. 그의 집과 마을을 감싸고 있는 차령산맥과 그 산맥을 장엄하는 수많은 산들은 그야말로 '청산도'를 그대로 그려내고 있다.

그런데 청산도의 '도'는 무엇일까? 누구는 청산으로 가는 '길'이라고 해석하지만, 그것은 너무 평면적이고 심심하다. 그보다 청산도의 '도'는 청산의 본성, 이치, 품격, 격조, 본질 등과 같은 뜻으로 읽어야 그 말의 심층에 도달하게 되는 듯하다. 그러니까 청산은 대상이나 외형이 아니라 그만의 깊은 진실이자 세계인 '도(道)'를 만들어 품어 안고 있는 것이다.

나는 앞서 박두진의 청산도와 차령산맥을 장엄하는 높고 푸르른 고산이자 명산들을 언급하였다. 그러나 청산도는 이런 산들뿐만 아니라 봄을 지나 여름을 맞이하고 마침내 성하에 도달한 어느 산에도 숨어 있다. 이런 산들을 만나노라면 그 엄청난 생명 에너지의 강도와 분출에 전율하게 되고 그 놀라운 자기 완성의 일념과 과정에 숙연해지게 된다.

여름날, 무더위 속에서도 저 너머의 청산과 그 청산도를 그리고 접하는 일은 즐거움을 넘어 숭고함과 같은 어떤 고양된 감정을 느끼게 한다. 그리고 무더위로 인해 상기되고 흩어졌던 기운을 가라앉히고 모으는 시간을 갖게 한다. 미당 서정주는 이런 청산의 청록색이 그 극한의 임계지점에서 '존재의 전환'을 이룩하는 순간에 대하여 그의 명작 「푸르른 날」에서 "초록이 지쳐 단풍 드는데"라고 말하였다. 이때의 초록은 여름의 무르익힌 결실이다.

성탄일/석탄일,
만인을 쉬게 하는 휴일

지금도 이 땅에 무수한 생명들이 탄생하고 있다. 그 수를 헤아릴 수 없는 생명들이 매일매일, 아니 매 순간 매 순간 태어나고 있는 것이다. 그들은 무엇 하러 이 땅에 오시는가? 그들은 이 땅에 오셔서 무엇을 하다가 가시는 것인가? 그리고 그들은 어디로 가시는 것인가? 사실을 알기 어렵지만, 이 물음은 모든 이들의 마음속에서 묵은 과제이자 다급한 과제이다.

이 땅에 오신 분들 가운데 지금 이 시대를 살아가는 사람들에게 최고의 존재로 사랑받고 외경의 대상이 되는 분으로 4대 성인이 있다. 초등학교만 졸업하면 누구나 다 아는 예수, 석가모니 붓다, 공자, 소크라테스가 그들이다. 이 가운데서도 예수와 석가모니 붓다는 우리가 살고 있는 대한민국에서 특별한 성인으로 존경받고 기념되고 있다. 한 해의 달력을 받아보면 예수의 탄생일인 '크리스마스'와 석가모니 붓다의 탄생일인 '부처님오신날'은 전 국민의 큰 휴일이자 기념일로 공인되어 특별한 색으로 인쇄되어 있다.

이 두 분은 이 땅에 여법(如法)하게 오셔서, 여법하게 살다, 여법하게 가신 분이다. 달리 말하면 이 땅에 사랑으로 오셔서, 사랑으로 살다, 사랑으로 가신 분이다. 진리의 삶이 무엇인지를 보여주고, 진리의 삶을 살아가도록 부탁하고 돌아가신 분이다.

석가모니 붓다가 오신 '부처님오신날'을 맞이하여 그분의 생신을 봉축하며 붓다의 길이 무엇인지에 대해 음미해본다. 평소에 절에 가지 않던 사람들도 절을 찾아가 예불을 드리고, 신도가 아닌 사람들도 사찰 마당을 거닐며 독경 소리를 이전과 다르게 받아 안아보고, 그저 방 안에서 뒹굴며 휴식을 취하는 일반인들도 텔레비전이나 라디오에서 나오는 범종 소리를 예사롭지 않게 경청하는 하루가 '부처님오신날'이다.

다르마의 축복

크리스마스 날도 마찬가지이다. 교회당에선 '이브'인 전날부터 사람들이 모여들어 예수의 탄생을 축하하며 찬송가를 부르고, 신자가 아닌 사람들도 축하 카드를 주고받으며 '메리 크리스마스'를 외치고, 성경책을 한 줄도 읽어보지 않은 가게 주인들도 화려한 크리스마스 트리를 만들어 진열하며 거리를 밝힌다.

이 땅에 이 두 분이 오신 것은 한세상을 무지 속에서 살아가다 성철스님의 열반송이 가리키듯 '수미산 같은 죄업'이나 짓고 사라지는 속계 중생들의 안일한 삶을 반성하게 한다. 그리고 우리로 하여금 이 땅에 그분들과 같은 삶도 있다는 사실을 문득 소스라치게 깨닫고 몸을 추스르게 한다. 또한 우리들이 왜 이 세상에 오는 것이며, 와서 어떻게 살 것이며, 마침내 어디로 갈 것인지에 대해 '로드맵' 같은 지도를 훔쳐보게 한다.

나 자신을 포함한, 이 조그마한 지구별의 75억 인류가 뒤뚱거리며 살아가는 무지의 모습이 너무나도 안타까워 예수님과 석가모니 부처님이 이 땅에 오신 날을 새삼스럽게 떠올려본다. 그리고 이분들이 오신 날을 축하하고 기념하는 인간들을 생각하며 75억 인류가 보여주는 그 안타까운 삶의 현실 속에서도 작은 희망의 빛을 읽어본다. 이분들이 오셨듯이 우리도 그렇게 올 수는 없는 것일까? 어찌하여 우리들의 탄생이 이토록 난처한 것일까? 365일 모두가 성탄일일 수는 없는 것일까? 매일매일이 석탄일일 수는 없는 것일까? 평범한 날 속에서 비범한 날의 도래를 꿈꾸어본다.

다르마의 축복

예수님의 조상(彫像), 더 낮아질 수 없는 마음

어느 겨울날, 예루살렘의 한 교회당 앞에서 만난 예수님의 조상을 잊을 수가 없다. 교회당에서, 성당에서, 성지에서, 기념품 가게에서, 또 신자들의 가정에서 수많은 예수님의 성상을 보았지만 예루살렘의 그 교회당 앞에서 만난 예수님의 상만큼 가슴을 울리는 감동적인 조상은 이전에 만난 적이 없다.

예루살렘! 해발 6백 미터의 고지대이자 모래의 땅에 수많은 종교가 모여서 서로 그곳이 자신들의 성지라고 주장하는 곳! 그러니 예루살렘은 성지 중의 성지이다. 그런데 그곳의 한 구역을 차지하고 있는 기독교 교회당 앞에 '무릎을 꿇고 간구하는 예수님의 상'은 너무나 인상적이었다.

　인간으로 태어나 가장 낮아진 자세, 그러나 그 자세 속에 가장 높은 원력이 깃들어 있는 그런 예수님의 조상을 나는 여기서 처음으로 보았다. 엎드려 간구하는 그의 모습은 너무나 낮은 곳에 머물러서 등줄기가 허리께쯤에선 배에 맞닿을 만큼 휘어졌고, 그의 원력은 너무나 높고 간절하여 하나님을 향한 그의 눈길은 아무도 건드릴 수 없는 심연에서 뿜어나오는 애절한 갈망과 아픔을 담고 있었다.

　누가 이 예수님 상을 만들었을까? 그것을 만든 이도 이와 같은 심정을 경험했을 것이다. 그렇지 않고서야 이런 작품이 만들어질 수 없다. 이 교회당 앞의 조상은 굳이 예배에 참석하지 않아도 예배의 전 과정을 온몸으로 체험한 것 이상의 기적 같은 정화력을 선사한다. 교회당 앞에 365일 내내 엎드려 간구하는 이 예수님 상은 그야말로 교회 정신의 에센스를 무언으로 전도하고 있는 것이다. 누구도 이 예수님 상 앞에 서면 에고의 장벽과 독소가 순식간에 무너지는 것을 느낄 수밖에 없으니 말이다.

　　　　　　　　　　　　　　　　　　　다르마의 축복

이 글을 쓰는 순간에도 그 먼 곳의 예수님 상을 떠올리면 무명의 아상으로 뻣뻣해지고 비대해졌던 몸이 일순간 부드러워지며 잉여를 아낌없이 털어내게 된다. 그리고 역시 무지의 아상으로 분열되고 대립되고, 미워하며 괴로워했던 마음이 봉합되고 너그러워지며 삶의 첫 자리로 귀환하게 된다.

예루살렘의 그 교회당 앞에 엎드려 계시는 예수님 상은 모든 이들을 이렇게 무기 없이 무장해제시킨다. 인간들의 몸속에 빈틈없이 들어찬 공격성과 방어의 긴장감을 무력화시키고, 공격과 방어야말로 질 낮은 인간의 안타까운 일임을 깨닫게 한다. 또한 예루살렘의 그 교회당 앞에서 기도하는 예수님 상은 바닥에 엎드려서 나의 이익이 아닌 인류의 구원을 위하여 기도하는 사랑의 마음이 어떤 것인지를 무언으로 전해주며, 인간이 낮아져서 기원할 때 얼마나 숭고한 모습이 되는가를 언어 없이 깨치게 한다.

그 교회당 앞의 '무릎을 꿇고 간구하는 예수님 상'으로 인해 예루살렘에는 조금 더 부드럽고 고급한 평화가 도래하였을까? 그 예수님 상으로 인하여 순례객들의 마음속이 조금 더 낮아지고 따스해졌을까?

그 교회당을 지나 이곳저곳을 살펴보다가 해가 뉘엿뉘엿 지고 있는 오후 5시쯤이 되니 이슬람 사원에서 기도 시간임을 알리는 종교적 멜로디가 가슴의 한가운데로 직입하듯 퍼져 나온다. 일하던 이슬람 신자들은 물론 길을 가던 신자들도 보자기를 펴고 그곳에서 엎드려 기도를 드린다. 보자기를 편 만큼, 그곳은 그들의 성소인 것이다. 그리고 그들의 기도 내용을 알 수는 없으나 그들이 엎드려 간구하는 모습은 너무나도 낮고 간절해 보인다. 그런 땅에서 왜 종교가 그토록 갈등을 일으킬까? 종교의 세속화가 그 원인이리라. 자신이 모른다는 것을 모르는 사람들이 너무나 많기 때문이리라. 내가 누구인지를 모르는 사람들이 너무나도 많아 그 수를 헤아리기가 어렵기 때문이리라.

다르마의 축복

절기(節氣), 아름다운 사계의
묘용

불가에선 본래 시간도 공간도 없는 것이라고 본다. 그러나 3차원의 현상적 인식 세계 속에서 살아가는 인간들에겐 시간과 공간이야말로 삶과 세계를 구성하는 날줄과 씨줄이다. 이와 같은 점에서 인간사의 시간과 공간의 문제를 규정하는 일은 무엇보다 중대한 일이다.

달력의 출현이 그러하다. 지금은 흔하디흔한 것이 달력이지만 농경사회적 삶이 주류를 이루던 근대 이전의 시기까지 통치자인 왕과 그가 거주하는 왕궁에서 새해와 더불어 해야 할 중요한 과업 가운데 하나는 달력을 만들고 배포하는 일이었다.

달력엔 일 년간 살아 나아갈 나라와 백성들의 이정표가 우주법과 인간법에 맞게 기술되고 표현되어 있었던 것이다.

24절기는 그런 달력의 내용 가운데 압권을 이룬다. 일 년간을 태양의 황경(黃經)에 따라 황경의 도수가 0도인 춘분(春分)부터 90도인 하지(夏至)까지를 제1구역으로, 90도인 하지(夏至)에서 180도인 추분(秋分)까지를 제2구역으로, 180도인 추분(秋分)에서 270도인 동지(冬至)까지를 제3구역으로, 270도인 동지(冬至)에서 360도(0도)인 춘분(春分)까지를 제4구역으로 나눈 후 각각 15일마다 그에 맞는 절기 이름을 붙였던 것이다. 이 절기의 이름은 말할 것도 없이 농경사회적 인간사와 우주법을 그대로 반영한 것이다. 이런 황경의 도수에 따른 분류를 사람들은 편의상 봄, 여름, 가을, 겨울이라는 춘하추동(春夏秋冬)의 계절 개념으로 재분류하기도 한다.

여기서 나는 춘하추동의 계절 개념으로 재분류한 절기 이름을 열거하며 그 속에 담긴 인간의 태도와 언어의 아름다움에 대해 살펴보기로 한다. 입춘(立春)—우수(雨水)—경칩(驚蟄)—춘분(春分)—청명(淸明)—곡우(穀雨), 여기까지가 봄이다. 입하(立夏)—

소만(小滿)ㅡ망종(芒種)ㅡ하지(夏至)ㅡ소서(小暑)ㅡ대서(大暑), 이 곳까지는 여름이다. 입추(立秋)ㅡ처서(處暑)ㅡ백로(白露)ㅡ추분(秋分)ㅡ한로(寒露)ㅡ상강(霜降), 이것은 가을이다. 입동(立冬)ㅡ소설(小雪)ㅡ대설(大雪)ㅡ동지(冬至)ㅡ소한(小寒)ㅡ대한(大寒), 여기까지가 겨울이다. 이 24가지 이름은 참으로 예사롭지 않다. 이들 이름에서 우리는 시간을 대하는 인간들의 태도와 그들이 구사한 언어의 성격을 볼 수 있다.

연, 월, 일, 시간, 분, 초 등을 아라비아 숫자로 표현하는 균질화된 기계적, 디지털적 세계관과 언어 구성법은 매우 편리하지만 평면적이고 비인간적이다. 그에 비해 일 년을, 천간(天干)과 지지(地支)의 성격을 담아 음양오행론에 의거한 육십갑자로 표현하고, 그 일 년 속에서 벌어지는 보름마다의 계절적 변화와 삶의 변화를 위와 같은 절기의 용어로 표현한 것은 불편하지만 입체적이고 아날로그적이며 생명적이다.

우선 봄에 해당되는 절기만 살펴보기로 하자. 입춘(立春, 2월 4일)이란 봄이 그 모습을 보이며 어린아이처럼 일어서기 시작하였다는 뜻이다. 우수(雨水, 2월 19일)란 얼음이 녹아 비가 내리고

절기(節氣), 아름다운 사계의 묘용

물이 흐르기 시작한다는 뜻이다. 경칩(3월 6일)이란 생명들이 봄이 왔다고 놀라서 깨어나기 시작하였다는 뜻이다. 춘분(3월 21일)이란 봄의 봄다운 분상(分相)이 생겨났다는 뜻이다. 청명(4월 5일)이란 하늘과 땅의 기운이 맑고 밝은 때가 되었다는 뜻이다. 그리고 곡우(4월 21일)란 곡식을 심을 수 있도록 봄비가 내려서 준비를 해주는 때란 뜻이다.

이렇게 봄의 시간이 지나고 나면 여름의 시간이 온다. 그 여름의 시간은 미래를 먼저 읽어내는 눈을 가진 자처럼, 5월 첫 주의 입하(立夏, 5월 5일)로부터 시작된다. 여름이 그 기미를 드러내기 시작하는 시점에서 여름을 말하기 시작하는 이 안목은 예민하고 철학적이다.

위에서 본 것처럼 24절기 속에 들어 있는 태도와 언어 감각은 하늘과 땅으로 표상되는 자연의 흐름과 리듬을 근거로 하여 만들어진, 생명적이고, 우주적이며, 자연적인 것이다. 여기서 인간사의 고단함이 느껴지지 않는 것은 아니지만 그보다도 먼저 인간들의 겸허함과 생명적인 삶의 방식이 전달된다. 하늘과 땅의 만남, 한열조습(寒熱燥濕)의 기후 상태, 낮과 밤의 드라마, 사시(四時)의

다르마의 축복

순환론적 운행 현실 등이 이 속에 담겨 있는 까닭이다.

인간들이 자연의 지배를 적게 받고, 농경사회적 삶이 후퇴한 자리에 도시 산업문명이 대세를 이루며 등장한 지금, 우리들의 시절 감각과 날짜 감각은 물론 언어 감각도 이전의 것과 달라졌다. 앞서 말한 바처럼 균질적인 시간 개념 속에서 아라비아 숫자에 의하여 디지털화된 표기가 우리들의 시간 감각과 언어 감각을 지배하게 되었고, 우리의 삶은 편리한 가운데 한없이 비생명적인 인공성을 띠게 되었다.

이런 세상에서 가끔씩 이전의 24절기 개념과 그 언어 및 삶의 자세를 음미해보는 일은 묘한 감동 속으로 우리를 이끈다. 나와 세계가 한없이 연속된 것 같은 일체감, 내가 세계의 안쪽에 존재하는 것 같은 소속감, 내가 살아서 움직이는 자연 자체이자 우주 자체인 것 같은 주체감, 나의 삶이 이토록 신비한 것이라는 묘유의 감각 등이 살아나는 것이다.

이 글을 쓰는 지금부터 3일이 지나면 처서(處暑)이다. 무더위를 마무리하고 여름이 떠나는 절기이다. 도저히 떠날 것 같지 않았던 더위가 이제 자신의 숙제를 마치고 떠나는 시간인 것이다. 시원하면서도 섭섭한 절기이다. 아침저녁으로 간간히 불어오는 선선한 바람에 선뜻선뜻 잠도 깨게 되는 그런 계절인 것이다. 그리고 학생들은 여름방학을 마치고 개학 준비로 조금씩 일과가 바빠지기 시작하는 때이다.

다르마의 축복

평원(平原), 수평의
놀라운 위의

평원은 수평이 주는 매력을 담고 있는 땅이다. 수평은 누운 자세이자 누운 마음이다. 우리가 낮의 시간을 마치고 잠자리에 들었을 때, 고단한 과업을 수행하다 잠시 휴식의 시간에 들었을 때, 우리의 몸과 마음은 수평의 품안으로 들어가는 것이다.

수직이 양(陽)이라면 수평은 음(陰)이다. 수직의 활동성은 언제나 고통스러움을 동반하고 수평의 정태성은 또한 나태함을 수반하고 있다. 그런 점에서 수직과 수평은 언제나 동적 균형을 찾고자 쉴 새 없이 조율한다.

지구별의 산이 수직의 표상이라면 들녘은 수평의 표상이다. 또 육지가 수직의 표상이라면 바다는 수평의 표상이다. 그리고 도시가 수직의 표상이라면 시골 마을은 수평의 표상이다. 수직과 수평의 드라마는 이처럼 곳곳에서 작동한다.

우리가 살고 있는 세상은 지금 수직성이 수평성을 압도하고 있는 형국이다. 항상 무엇인가를 과도하게 추구하고 긴장하며 앞으로 나아가야 하는 치열한 목성(木性)과 화성(火性)의 세계가 주된 힘을 행사하고 있는 것이다. 그러므로 우리의 교감신경은 늘 과부하가 걸려 있다. 외부를 감독하며 앞으로 치달려야 하는 역할을 교감신경이 맡고 있는 탓이다. 이를 가리켜 한의학에서는 독맥(督脈)이 임맥(任脈)을 제압했다고 표현한다. 안으로 포용하기보다 외부로 공격하고자 하는 힘이 지배적이라는 뜻이다.

평원은 이런 우리들을 치유해준다. 끝없이 수평으로 누워 있는 땅은 그 존재와 성격 자체로 욕망이 불타는 우리들의 치유처가 된다. 평원은 가도 가도 수평이다. 특별히 대평원은 가도 가도 무한의 수평이 이어진다. 이런 평원에선 가도 가도 계속

다르마의 축복

되는 옥수수밭이, 해바라기밭이, 보리밭이, 밀밭이 이어지고, 포도밭이며 사과밭이며 갈대밭이며 억새밭이 이어진다. 그때 우리는 죽음과도 같은 쉼을 통해 부활하듯 재생하게 된다.

이런 곡식들이나 보기 좋은 식물들이 계속 이어지는 생명의 평원이 아니어도 좋다. 가도 가도 계속되는 모래의 평원, 돌들과 바위들의 평원, 관목과 잡초들의 평원, 선인장과 메마른 사막 식물들의 평원도, 죽음과도 같은 쉼의 시간을 안겨주는 점에서는 동일하다.

평원을 걸어도 좋다. 그러나 대평원을 자동차에 의지하여 끝도 없이 달려가도 좋다. 그러할 때 삶은 한없이 단순해지고 천진스러워지며 평정해진다. 아무 일도 없는 것 같은 '무사(無事)'의 시간이 도래하고, 어떤 지위도 탐할 마음이 나지 않는 '무위(無位)'의 시간이 찾아오며, 아무 감정도 일어나지 않는 '무정(無情)'의 시간이 찾아오는 것이다.

평원을 한 며칠만이라도 깊숙이 여행하고 나면 단전(丹田)이 든든해진다. 머리를 향하여 상기되었던 우리들의 몸과 마음의 기운이 자꾸만 아래쪽으로 내려오기 때문이다. 이 하강의 힘이 어느 정도 무르익고 밀도가 생기면 그 지점은 어떤 것도 포용할 수 있는 '배짱의 토대'를 형성한다. 그리하여 토대가 튼튼한 데서 오는 에너지의 건강한 장이 형성된다.

위쪽도 대단한 세계이지만 아래쪽도 대단한 세계이다. 평원이 이 땅에 존재함으로써 우리의 들끓는 영혼을 안정시킬 수 있다. 그리고 저변을 든든하게 마련할 수 있다.

양심(良心), 간섭할 수 없는 성지

인간을 다른 종과 구별하여 특별한 대우를 할 수 있다면 그것은 인간이 '양심'을 지니고 있기 때문일 것이다. 양심은 말 그대로 '선한 마음', '착한 마음', '좋은 마음'을 가리킨다. 그렇다면 이때 '마음'을 수식하는 앞자리의 '선함, 착함, 좋음'이란 어떤 의미인가? 세상에서 너무도 많이 쓰고 있으며, 우리가 유년기부터 익힌 언어라서 이런 물음을 제기하는 것 자체가 어이없게 느껴질 수도 있겠지만, 그러나 철학적이며 학술적인 물음을 가져보아야 그 뜻의 심층이 만져질 것이다. 이때의 선함이니, 착함이니, 좋음이니 하는 것은 상식적 차원에서의 그것을 넘어 본성에 계합함, 진리에 일치함, 불성에 닿아 있음 등과 같은 뜻을 지닌다고 보아야 한다. 이런 설명이 추상적이라면 조금 풀어서 우주와 만유를 일체(一體)이자 일심(一心)으로 통찰하고 실감하며 행동할 수 있는 마음의 능력이라고 말해볼 수 있을 것이다.

인간종이란 악마의 속성과 천사의 속성이 뒤섞인 참으로 난감하고 난처한 존재임에 틀림없지만, 그럼에도 불구하고 인간에 대한 기대와 희망을 저버릴 수 없는 것은 그 천사성의 근원인 양심을 품고 있기 때문이다. 양심은 누구도 범접할 수 없는 지성소이자 소도이다. 우리 안의 '붓다'와 같은 존재로서 우리를 영 망가지지는 않게 지탱해주는 주장자(拄杖子)이다. 이 양심은 우리들이 어디서 무엇을 하고 있는지를 바라보고 있다. 그러면서 우리들이 이 자리로 돌아오기를 기다리고 있다. 우리가 그 자리로 돌아갔을 때, 양심은 우리를 한 점 부끄러움 없는 온전한 존재가 되게 한다. 불순물이 끼지 않은 첫새벽의 새물처럼 되게 한다. 그리고 우리를 당당하게 한다. 아주 좋은 에너지가 몸의 심층에서 생성되는 것이다.

양심도 인간의 생존을 위해 만들어진 일종의 카르마일지 모르겠다. 인간이 이처럼 지구별에서 성공한 것도 이 양심이 만

다르마의 축복

들어졌기 때문인지 모르겠다. 그러나 양심은 인간을 다른 짐승과 구별시키는 아주 특별한 속성으로서 인간이 즉각적인 본능과 욕망의 포로가 되는 것을 막아준다. 그러고 보면 이 본능과 욕망의 질주보다 윗자리에 놓인 생존의 메커니즘이 양심인 것인가?

어쩌면 그럴지도 모르겠다. 그렇지 않고서야 인간들이 그토록 양심을 높이 평가하고, 비록 그 양심에 합치된 삶을 매 순간 살아내지는 못할지라도, 그 양심의 음성 앞에서 그토록 쩔쩔매는 모습을 보이지는 않을 것이기 때문이다. 윤동주 시인이 "죽는 날까지 하늘을 우러러/한 점 부끄럼이 없기를,/잎새에 이는 바람에도/나는 괴로워했다"고 쓴 「서시」의 첫 부분을 보고, 그 앞에 사람들이 그토록 많이 모여들며 공감과 존경의 마음을 보인 것은 이 점을 입증한다.

양심이 비록 생존을 위한 진화의 산물일지라도 이런 양심의 등장은 많을수록 좋다. 만나면 바로 털을 세우며 싸움을 도모하는 뭇 짐승들의 피로 얼룩진 중생적 삶과 다른 삶을 가능하게 하는 데엔 이 양심만큼의 위력과 품격을 가진 것도 달리 없기 때문이다. 좋은 삶은 물론, 좋은 문학과 예술도 이 양심이 얼마만큼 대접받고 실현되었느냐에 따라 그 수준이 달라진다. 그러나 지금의 이 단계에서 인간들은 선뜻 양심의 소리를 따르지 못할 때가 많다. 그렇다고 하여 심층을 두드리는 양심의 소리도 쉽게 그치지 않기에 인간들의 밤에는 뒤척이는 시간이 계속된다. 그래도 인간을 신뢰할 수 있다면 이 양심의 존재 때문이리라. 양심을 가슴속에 품고 있기 때문이리라.

꿈 없는 잠,
한 생각도 없는 공터

꿈이란 무엇인가? 사람들은 이 물음 앞에서 얼른 '밤에 꾸는 꿈'을 떠올릴 것이다. 그렇다. 밤에 꾸는 꿈은 꿈의 대표적인 한 양태이다. 누구나 경험하고 누구나 아는 꿈이 바로 이 밤꿈이다.

그러나 잘 생각해보면 우리는 밤에만 꿈을 꾸는 것이 아니다. 낮에도 꿈을 꾼다. 아니, 365일 내내, 어느 한순간도 꿈을 꾸지 않고 살아가는 때가 없다. 여기서 꿈이란 인식 작용과 기억 작용에 의하여 나타난 관념과 이미지 전체를 뜻한다. 우리는 매 순간 어떤 생각과 이미지를 만들어내고 그것에 붙들려서 살아가고 있는 것이다. 불가에선 이를 통틀어 상(相)이라고 칭한다. 말하자면 주객이 분리된 상태의 대상이 있음으로써 생겨나는 현상이라는 것이다.

나는 이러한 꿈이 생명으로서의 인간을 움직이는 근본 욕구인 생명욕과 생존 욕구에서 발생된 카르마라고 생각한다. 살기 위해서 인간들은 관념과 이미지를 평생 동안 만들어내며 살아가고 있는 것이다. 그런 점에서 관념과 이미지는 생명 욕구와 생존 욕구의 관점에서 볼 때는 매우 훌륭한 도구이다. 실은 허점이 많고 위태로운 도구이지만 적어도 인간의 관점에서 보면 인간들이 진화시킨 소중한 도구인 것이다.

그러나 이 도구로서의 관념과 이미지 때문에 우리는 고통스럽다. 그것은 우리를 속박하고 우리는 그 속박 속에서 자업자득(自業自得), 자작자수(自作自受), 자승자박(自繩自縛)의 길을 갈 수밖에 없기 때문이다. 또한 그 관념과 이미지를 자기 자신이라고 믿고 있기 때문이다. 그러나 이런 이유들보다 더 근원적인 것이 있다. 그것은 이 관념과 이미지라는 도구야말로 살고자 하는 강하고 질긴 욕구를 그 안에 담고 있는 도구라는 사실이다.

이와 같은 꿈의 생산은 노력하지 않아도 즉각적이며 연속적으로 이루어진다. 생명으로서의 인간 존재의 유전자 속에 아주 깊숙이 박혀버린 생존 기제인 것이다. 그러므로 우리가 생명으로 태어났다는 사실과, 생명욕과 생존 욕구를 근본 욕구로 지니고 사는 존재라는 점은, 그 한계를 넘어서지 않는 한 우리의 삶은 언제나 고단할 수밖에 없다는 사실을 알려주는 것이다.

불가는 꿈 없는 잠에 이르는 것을 목표로 삼고 있다. 그리고 그 길을 안내하고 있다. 불가가 제시하는 꿈 없는 잠이란 우리의 본성이자 진성인 공성의 자리에 들어가는 것이고, 생명욕과 생존 욕구에 의하여 만들어진 관념과 이미지를 바라보고 사용하되 그에 집착하지는 않는 것이다.

불가는 꿈으로 가득한 삶을 '중생의 삶'이라고 말한다. 그에 비해 '꿈 없는 삶'을 깨친 이의 삶이라고 말한다. 전자를 통하여 우리는 생명욕과 생존 욕구를 충족시킬 수 있지만 진정한 행복을 누릴 수는 없다. 그러나 생명으로서의 몸뚱이를 갖고,

살고자 하는 욕구에 저당 잡혀 이 땅에 나온 우리들에게, 중생의 삶을 벗어난다는 것은 너무나도 어려운 일이다. 그렇더라도 중생의 삶만이 진실한 삶의 방식이 아님을 알 때 우리는 '꿈 없는 잠' 또는 '꿈 없는 삶'의 세계를 향하여 나아가게 된다. 그러다가 아주 가끔은 이 '꿈 없는 잠'과 '꿈 없는 삶'의 환희를 맛보게 된다. 그리고 이것이 삶의 진경임을 절감하며 옛사람과의 이별을 시작하게 된다.

불영(佛影)/불영사(佛影寺),
특별한 존재가 될 수 없는 기쁨

모든 그림자는 상대성의 세계이다. 상대가 있기 때문에 만들어지는 반작용물이다. 그러므로 그림자엔 상대성이 만들어내는 고(苦)가 스며 있다. 눈을 뜨고자 하는 사람들이나 눈을 뜬 사람들이 그토록 그림자가 없는 세계를 꿈꾸고 아끼는 것도 이 상대성에 깃든 고(苦)가 삶의 근원적 장애이기 때문이다. 그러고 보면 상대성을 넘어선 절대성 속의 '그림자 없는 삶'이란 이 땅에서 인간이 도달할 수 있는 최고의 경지이다.

그렇더라도 만약 이 세상에 나타난 그림자 가운데 최상의 그림자를 굳이 선택하여 말해보려면 어떤 것이 될까? 상상컨대 붓다로 표상되는 진리의 그림자가 그것일 터이다. 그것을 불가에선 '불영(佛影)'이라고 쓴다. 부처님의 그림자, 진리의 그림자, 본성품의 그림자, 불성의 그림자, 참나의 그림자라는 뜻이다. 하지만 '불영'은 상상의 그림자이다. 붓다로 표상되는 진리는 본래 그림자를 드리우지 않기 때문이다.

경상북도 울진군에 '불영(佛影)'을 사모하며 절 이름을 지은 고찰이자 명찰이 있다. 이름하여 불영사(佛影寺)이다. 이렇게 이름을 지은 데에는 설화가 한 자락 끼어 있는 것 같지만, 실제로 그 설화는 부차적이기만 한 것 같다. 불영사는 설화와 달리 사찰 전체의 모습 그대로가 불영을 닮아 있다. 무심의 얼굴을 한, 무위자연의 길을 낸, 평등심을 그대로 구현하고 있는, 정말로 불영사라는 이름처럼 겸손하고 자연스러우며 편안하고 평화로운 절이 거기에 있다. 모든 물질이 그러하듯이 건축도, 사찰도 인간의 마음상태를 고스란히 담아낸 것이라면, 이 불영사는 불영의 마음을 고스란히 담아낸 절임에 틀림이 없다.

일주문을 들어서면 천축산과 금강송과 불영계곡의 물이 경계없이 하나가 된 풍경 속으로 참한 흙길이 한 오 리쯤 이어진다.

그 길은 아무런 생색도 내지 않고, 생각조차 없는 붓다의 마음을 그대로 닮은 듯이 여여하게 누워 있다. 그 길을 걸어가노라면 경전 없이도 그대로 본처에 가까이 닿는 신비를 경험하게 된다. 이 길은 불영사의 예비 강원이자 수행도량이다.

그런데 더욱 흥미진진한 풍경은 이 길이 끝나는 지점부터 새로이 시작된다. 점입가경이란 말을 여기에 쓰면 적절할까? 불영사는 일반적으로 상승의 길을 가는 대부분의 사찰 건물의 형식과 다르게 하강의 길을 선택하고 있다. 조금 낮은 곳에 머물면서 위로부터 내려오는 모든 존재들을 구별 없이 품어 안는 태음(太陰)의 처소처럼, 불영사는 낮은 자세로 머물며 찾아오는 내방객들을 모두 그대로 환영하듯 받아 안고 있다.

이런 사찰 구성의 하강하는 포월성과 더불어 아무렇지도 않게 밭과 농작물들이 사찰 전각들과 차별 없이 수수하게 어우러져 있는 모습은 사찰의 하강하는 포월성을 더욱 진실하게 만들어준다. 굳이 분별하지 않고도 세상이 하나가 될 수 있다는 고차원의 삶의 방식이자 경지가 여기에 있다.

이 사찰의 하강은 그러나 어느 지점에서 평평함으로 이어지고 있다. 그런데 흥미로운 것은, 이 평평함은 사찰 전체를 한꺼번에 보여주지 않는, 굳이 한꺼번에 보여주려는 마음조차도 없이, 이 절의 오솔길을 의심 없이 따라가는 자에게만 나타나는 선물이라는 점이다. 그저 사찰이 내어놓은 길에 몸을 맡기고 한 치의 의심이나 조바심도 없이 길을 따라가다 보면 이 평평함의 세계가 펼쳐지는 것이다.

평평함의 땅인 사찰의 종점에 이르기 직전에 불영의 설화성을 담고 있는 불영지(佛影池)가 나타난다. 붓다의 그림자가 보이는 연못이란 뜻의 잔잔한 못이다. 이 연못엔 천축산의 붓다를 닮은 바위의 그림자도 비추이지만 연못 가득 피어난 연꽃들이 또한 붓다의 그림자를 표상하고 있다. 이 불영지를 바라보며 한동안을 불영 속으로 들어가다 보면 삶은 어느새 비현실에 와 있는 듯 고요하기만 하다.

나는 이토록 자연스럽고 아무렇지도 않은 방식으로 사람들을 본처에 이르게 하는 절은 처음 보았다. 굳이 힘쓰지 않고도, 그저 길을 걷다 보면 저절로 본처에 닿게 하는 이 사찰의 구성과

다르마의 축복

구조야말로 수행의 본질을 건축화한 보기 드문 도인의 건축 작품 같다.

불영사에선 누구도 특별한 사람이 되지 않는다. 특별했던 사람도 아무렇지도 않은 사람이 되는 곳이 불영사이다. 그야말로 모두를 아무렇지도 않은 사람으로, 모두의 삶을 아무렇지도 않은 삶으로 만들면서, 그러나 그 속에 충만함이 깃들게 하는 절이 바로 불영사이다. 여기서 우리를 괴롭히며 칭얼대는 아상과 에고는 시나브로 사라진다. 사찰이라는 그 공간이 우리를 이렇게 아무렇지도 않은 사람으로 안내한다. 아무렇지도 않은 사람이 되어 그런 삶을 살아보는 아주 소중한 시간을 우리는 불영사에서 가질 수 있다.

영동(嶺東)의 풍경,
선사시대의 마음 지대

백두대간(白頭大幹)은 우리나라 국토가 펼쳐지는 본원(本源)이
자 시원(始原)이다. 백두대간에 우리 국토의 총 에너지가 응축
되고 집결되어 있으며, 그 응축되고 집결된 에너지가 산맥을
따라 그리고 들녘을 따라 서해안까지 펼쳐진다. 이런 백두대간
은, 비유컨대, 하루의 시간대로 계산하면 자시(子時)와 같고, 연
중으로 셈해보면 자월(子月)과 같다. 해시(亥時), 자시(子時), 축
시(丑時), 이 세 가지 시간 구역을 삼경(三更)이라고 부른다. 자
시를 중심으로 음기와 양기가 합일하며 분리되는 시간이다. 그
리고 해월, 자월, 축월을 동기(冬期)라고 부른다. 자월을 중심으
로 역시 음기와 양기가 합하며 헤어지는 시간대이다.

다르마의 축복

이 자시와 삼경, 자월과 동기는 태극처럼 아무것도 나뉘지 않은 씨앗 상태이며, 엔트로피가 제로인 무구의 상태이다. 그야말로 신화적인 상태의 원질이 그대로 담겨 있는 때이다. 사람들이 이러한 백두대간을 종주하고 희열을 느끼거나 백두대간을 등산의 최후 지점으로 삼는 것은 백두대간에 숨어 있는 이런 성격 때문이리라.

그런 백두대간도 대단하지만, 대단하다는 말조차 넘어선 곳에 백두대간 동쪽의 영동 지역이 있다. 그리고 동해 바다가 있다. 백두대간의 뒤쪽이자 동쪽이기도 한 그곳은 자시와 삼경, 자월과 동기를 낳기 이전의 땅이자 세계이다. 태극보다 더 근본적이고 허허로운 무극의 지대이다.

이 무극의 땅은 백두대간을 낳고 뒤로 물러선 곳이며 백두대간의 현상적 삶을 이미 마스터한 곳으로서 어떤 세속적, 현상적 삶에도 초연한 곳이다. 우리 국토 가운데 우리를 본질적으로 쉬게 해주는 곳이 이 영동 지역의 땅과 동해 바다이다. 대극이 없다는 의미에서의 무극은 어떤 것도 중화의 상태로 이끌고 모든 것을 중도의 경지로 안내한다. 그곳에선 그저 모든 것이 한가하다.

이 영동 지역의 혈관과 같은 7번 국도를 따라 백두대간 동쪽의 땅과 동해 바다를 만나보라. 시간 이전의 신화적인 이 지대에서 우리는 현상적, 세속적 삶이 주는 부담을 내려놓을 수 있고, 인간 이전의 신선과도 같은 존재가 되어, 여유와 자유가 무엇이며, 평화와 평안이 무엇인지를 느낄 수 있을 것이다.

백두대간 이전의 이 땅은 아무런 독소도 지니고 있지 않은 듯하다. 그곳은 분명 땅이지만 땅이라기보다 아무 일도 만들지 않는 공터와 같다. 또한 백두대간의 이 땅과 맞닿아 있는 동해 바다는 인간의 일쯤은 한 번도 고뇌해본 적이 없는 것 같은 무심의 원시적 세계 같다. 이 바다 앞에서 우리들의 목소리는 그저 해풍에 녹아들고, 우리들의 욕망은 파도에 동화되어 나아가고, 우리들의 아만(我慢)은 모래알처럼 부서진다.

7번 국도를 따라가며 계속해서 펼쳐지는 영동 지역의 땅과 바다는 우리 국토의 보물이다. 그것은 지리적인 국토를 넘어 유형, 무형의 문화 지대이자 정신 지대이며, 현상계와 세속적

다르마의 축복

삶에서 지친 사람들을 치유해주는 의왕(醫王)이자 심왕(心王)의 세계이다. 이런 땅과 바다가 있어서, 그래도 이 국토에서의 고단한 우리들의 삶은 위로받을 수 있고, 이 국토의 품격은 높아질 수 있다.

다리, 참마음의 길

세상은 그 자체로 완전하다. 본래 꿰맬 곳 없는 무봉(無縫)의 상태이고, 이을 것 없는 '하나'의 상태이다. 지구별도, 은하계도, 우주 전체도 다 그렇다.

그러나 인간의 욕구와 쾌락의 관점으로 보면 세상은 불완전하고, 꿰맬 곳이 무수하고, 이을 곳도 한두 곳이 아니다. 이런 마음이 세상을 간섭하여 움직이고, 이것저것을 합해놓고, 저곳 이곳을 연결시킨다. 다리는 인간의 이런 마음이 만들어낸 대표적인 산물이다.

다르마의 축복

그러므로 다리가 아름답기는 쉽지 않다. 다리에는 인간의 욕망이 짙게 배어 있다. 도랑의 이쪽 저쪽이나 개울의 이쪽과 저쪽 같은 작은 물길부터, 강물의 이쪽 저쪽이나 바다의 이쪽 저쪽과 같은 큰 물길에 이르기까지 이 물길들을 잇는 다리는 자연스럽고 평화로운 이전의 풍경을 깨트린다.

나는 이 다리를 가장 잘 놓는 사람이야말로 최고의 건축가라고 생각한다. 본래 완전한 세상 그대로, 꿰맬 곳이 없는 무봉의 그 상태 그대로, 이을 것이 없는 '일체의 그 몸 그대로'를 느끼게 하는 다리를 놓을 수 있는 사람이 있다면 그는 '하면서 하지 않은' 노자적(老子的) 건축가요, 불가적(佛家的) 건축가의 경지에 가 있다고 할 수 있는 까닭이다.

이런 다리를 어디서 찾을 수 있을까? 쉽지 않다. 샌프란시스코 금문교에서 선글라스를 끼고 사진을 찍은 것 같은 촌티와 날내가 가신, 제3한강교 밑에서 낚시질을 하고 있는 것 같은 옹색함과 구차함이 느껴지지 않는, 그런 다리를 찾는 일은 정말 쉽지 않다.

나는 이런 다리를 이번 여름, 금강산 자락의, 아직 돌보아야 할 곳이 너무나 많은, 오래된 고찰이자 명찰인 건봉사의 능파교(凌波橋)에서 얼핏 보았다. 사찰의 한가운데로 흐르고 있는 냉천계곡의 이쪽과 저쪽을 잇는, 사찰의 이쪽 극락전에서 저쪽 대웅전을 잇고 있는 능파교는 겸손하고 단아하며 정갈하였다. 아무런 허세도 부리지 않은, 아상을 개입시키지 않으려고 매 순간 조심한 것 같은, 계곡을 이으면서 유위의 한계를 실감한 것 같은, 무르익은 건축가의 마음을 이 다리에서 보았다. 이런 다리를 건너 대웅전으로 올라가는 길은 신심을 보이지 않게 북돋아주었다.

능파교는 무지개다리의 형식이다. 요즘은 아치라는 말을 쓰지만 아치보다는 무지개라는 말이 친근하고 멋스럽다. 곡선의 완성형인 무지개, 이쪽 하늘과 저쪽 하늘을 어떻게 이어야 가장 자연스럽고 아름답게 이을 수 있는지를 보여주는 무지개, 이 세상 어떤 사람도 감탄사를 내놓게 만들고 마는 무지개의 형태와 존재 방식은 다리의 상상력을 이끌어내기에 충분하다.

무지개 같은 미학 앞에서 우리는 둥글어진다. 인간들의 성급한 마음을 담고 있는 다리 앞에서 이런 무지개의 미학을 만나면 갑자기 이것이 다리라는 사실과 그 다리에 들어 있는 성급함의 심성을 잊고 그 미학에 심취하게 된다. 그야말로 이쪽에서 저쪽으로 줄달음쳐 나아가려는 지배욕과 공격성, 자기중심성과 목적지향성을 잊고, 무상의 미학성을 즐기게 되는 것이다.

능파교! 물결을 저어 대웅전의 부처님께 이르는 다리! 이때 다리는 다리가 아니라 '참마음의 길'이다.

이동식 선생, 동토(凍土)에 봄을 가져다주는 마음

이동식 선생은 정신분석학 분야의 임상의사이자 학자로서 서양의 지그문트 프로이트와 칼 구스타프 융이 제시한 세계를 넘어서고자 동양정신에 근거하여 '도정신치료학'을 개척하고 발전시켜 정착시킨 분이다. 선생은 일찍이 1960년대에 동양 경전의 세계야말로 서양 의학의 한계를 극복하고 치유할 수 있는 대안이라는 생각을 갖고 이 분야의 대석학이자 선지식들을 모시고 과외 수업을 받듯 공부하였다. 그리고 '도(道)의 자리'가 의사의 자리이자 치유의 자리임을 확인하고 그것을 이론화하여 발표하였다.

이런 이동식 선생의 많은 저서 가운데 가장 인상적이고 감동적인 저서는 『도(道) 정신치료입문』이다. 이 책은 선생이 80세를 맞이하였을 때 자신의 제자들을 불러모아 문답식으로 대화하며 '도정신치료학'의 핵심을 재차 가르치고 확인시키며 보충시킨 책이다. 이미 정신분석학 분야에서 5, 60대의 의사이자 학자로서 일가를 이루어가고 있거나 이루고 있는 당신의 제자들에게, 선생은 그야말로 선생 된 자의 방법으로 정신분석학의 궁극을 논하였다. 선생이 물으면 제자가 답하고, 제자가 물으면 선생이 가르치며 보충해주는 이 책은 '도정신분석학'의 심오함이 주는 기쁨과 더불어 사제지간의 말할 수 없는 애정과 신뢰 앞에서 저절로 감동에 젖게 만든다.

깨닫고 수행하지 않으면 치료할 수 없다는 선생의 주장과, 치료란 동토(凍土)에서 떨고 있는 환자에게 봄을 가져다주는 것이라는 선생의 시적 언어에 담긴 치유론은 정말로 인상적이다. 치료가 수행과 인문학으로, 도심과 자비심으로 거듭나는 질적 전환을 여기에서 만난다.

그러나 무엇보다 이 책을 빛나게 하는 것은 '사제지간'의 선한 인연과 사랑이다. 마치 『금강경』에서 석가모니 부처님이 수보리를 부르며 설법을 하고, 수보리 존자가 무릎을 꿇고 합장 공경하며 청법을 하고 질문을 하며 공부하듯, 이 책에서 이동식 선생과 그 제자들은 '진리' 앞에서 하나가 되어 묻고 답한다. 그것도 80세가 된 노스승과 60세 전후의 제자들이 함께 모여서 말이다.

이동식 선생은 '도정신치료학'의 본원상을 제자들에게 마지막으로 전한다는 그런 심정으로 임하여 문답을 하며 가르치셨을 것이다. 그러나 나는 생각한다. 선생은 여전히 노파심이 남아 있었을 것이고 제자들은 선생의 그 깊은 마음과 세계를 온전히 받아들이지 못했을 것이라고. 선생은 언제나 선생이고 제자는 언제나 제자라는 것을 나는 나이 들어가면서 점점 더 실감한다.

석가모니 부처님도 수보리에게 '금강의 지혜'를 절박한 심정으로 가르치셨을 것이다. 그러나 그렇게 하고 나서도 부처님 또한 노파심을 다 내려놓지는 못하셨을 것이다. 『금강경』 32분이 끝났지만 여전히 수보리에 대한 걱정을 하고 계셨을 것이

다르마의 축복

다. 하지만 수보리가 스승의 이런 마음을 제대로 알고 있었을까? 아마도 몰랐을 것이다. 부처님의 그 마음과 경지를 수보리 존자는 자기 식대로 짐작만 했을 것이다.

그러나 이동식 선생과 그의 제자들, 석가모니 부처님과 수보리 존자 사이의 그 깊은 사랑과 신뢰는 인간 사이의 선한 인연과 선한 마음을 믿고 기대하게 하는 표석과도 같다.

억새꽃, 꽃을 넘어선
꽃의 정경

    김소월 시인이 그의 시 「산유화」에서 '갈 봄 여름 없이 꽃이 피고 진다'고 말했듯이, 산과 들을 관찰해보면 실로 3월 초순의 봄부터 11월 초순의 가을까지, 하루도 빠짐없이 꽃들이 피고 진다. 그런데 흥미로운 것은 봄날에 피고 지는 꽃은 봄과 같고, 여름날에 피고 지는 꽃은 여름과 같으며, 가을날에 피고 지는 꽃은 가을과 같다는 사실이다.

    그러나 어느 계절에 피고 지든 모든 꽃은 존재의 절정을 현현하는 것으로서 그 매력이 막강하다. 매력의 심층에 진선미가 숨어 있다면 꽃은 이런 진선미의 결정체이다. 만약 이런 꽃들

                                                  다르마의 축복

이 세상에서 피고 지는 사건이 부재한다면 아둔한 인간들은 모든 존재와 생명의 안쪽이자 아래쪽에 어떤 절정이 숨어서 솟구치고 있는지를 짐작할 수 없었을 것이다. 그리고 모든 존재가 얼마나 엄청난 생의 신비를 내장시키고 있는지 상상할 수 없었을 것이다.

절정으로서의 꽃은 사람들을 흥분시킨다. 그러나 그 흥분은 진선미 앞에서의 흥분처럼 우리를 순결하게 만든다. '아, 꽃!'이라고 부르는 순간, 우리는 탁한 모든 것들을 다 털어낸다. 그리고 갈라진 모든 것들을 잊고 만다.

이런 꽃 가운데 아주 원숙한 꽃들은 대체로 가을에 핀다. 들국화가 그렇고, 들깨꽃이 그렇고, 개미취며 벌개미취꽃이 그러하다. 그리고 무엇보다 억새꽃이 그러하다.

억새꽃은 얼핏 보면 꽃과 같지 않다. 저런 꽃을 꽃이라고 어떤 교과서도 가르치지 않을 듯하며, 어여쁜 일반적인 꽃들과는 너무도 다르게 무심하고 털털하기 그지없다. 더군다나 이파리조차 친절하지 않아 손을 대면 베일 것만 같고, 줄기조차 단조

롭고 무뚝뚝하여 부드러운 풀들의 그것처럼 유혹적이지 않다.

이러한 억새꽃이, 감나무의 잎이 까슬해지기 시작하는 9월 중순이나 하순쯤이 되면 그 첫 모습을 계면쩍은 듯 하늘 쪽으로 드러내기 시작한다. 키도 너무나 커서 그 꽃 피는 모습조차 숨길 수 없는 억새꽃의 자기 표현 방식을 보면 보는 사람조차 어눌해지고 순박해진다.

그러나 억새꽃의 묘한 매력은 어떤 꽃들 못지않다. 가을의 진수를 담은 듯한 억새꽃은 무기교와 무덤덤함과 무심함이 차원 높은 매력의 원천임을 알려준다. 이른바 질박미라고 할까, 단순미라고 할까, 아니면 초월미라고 할까? 무슨 이름을 붙이든, 억새꽃의 그 무장식성과 심플함은 내공이 만만치 않은 고차원적 삶의 방식을 느끼게 한다.

이런 억새꽃 앞에 서면 우리도 그 꽃처럼 수수해진다. 그리고 아무런 타인의 눈을 의식하지 않고도 덤덤하게, 또는 담담하게 살아갈 수 있을 것 같다. 그러면서 수수함이란 건강함의 표상임을 느끼게 된다. 억새꽃이 주는 이런 건강함의 이미지는 산

다르마의 축복

과 들을 건강하게 하고 인간의 마을을 건강하게 한다.

　봄부터 키운 사람이 없는 데도 억새가 저 홀로 자라나 가을 산야에 가득하다. 이런 억새와 그 꽃을 감상하다 보면 가을이 깊어지고, 깊어진 가을보다 더 깊은 것을 가르치는 겨울이 바짝 다가와 있다. 겨울은 우리에게 꽃 없이 사는 법을 익히도록 하는 침묵의 계절이다.

대숲, 북방의
수성(水性)을 공부하는 시간

정원에 대나무 몇 그루만 서 있어도 정원의 분위기는 한결 정
갈하고 우아하며 고결하다. 길을 가다가 문득 대나무숲을 마주
치면 일순 흩어졌던 마음이 정돈되고, 상기되었던 기운이 가라
앉는다. 그리고 존재는 이내 차분해진다.

대나무는 본래 그 본성이 어른스럽다. 규율을 지닌 냉정함,
목표가 있는 엄격함, 경계에 흔들리지 않는 부동심, 편견이 없
는 평등심, 일념으로 사는 순정함이 그의 몸속에 배어 있는 것
이다. 대나무의 이런 속성 때문에 옛 사람들은 대나무를 사군
자(四君子 : 매화, 난초, 국화, 대나무)의 반열에 넣었을 것이다.

다르마의 축복

군자의 반열에 오른다는 것! 그것은 도리(道理)와 도체(道體), 도심(道心)과 덕성(德性)을 갖추고 있음을 인가받는 것이다. 대나무의 삶 속에서 사람들은 이런 모습과 성품을 보았던 것이다.

잘 보존된 고택에 가면 대나무가 고택과 함께 어울려 있다. 고택과 대나무의 만남은 서로를 격상시킨다. 잘 가꾸어진 고찰에 가도 고찰과 대나무가 함께 어울려 있다. 고찰의 전각들을 감싸면서 병풍처럼 후원으로 서 있는 대나무숲은 언제나 죽비 소리를 내듯 눈을 뜨고 경내를 외호한다.

전라도 지역의 담양은 아예 이 대나무로 그 지역을 살려내고 있다. 시골의 기상이 아닌 대나무의 기상으로 지역 전체가 재탄생되고 있는 것이다. 죽록원, 소쇄원 등의 대나무숲은 너무나 유명하여 달리 할 말이 없다. 요즘은 이 대나무숲이 담양을 넘어 순천으로, 울산으로, 부산으로 확장되어 나아가고 있다. 순천의 대나무숲, 울산의 태화강 대나무숲, 부산의 아홉산 대나무숲이 그것이다.

그러나 이런 대규모의 대나무숲이 아니어도 대나무는 성장 한계선이 북으로 올라오면서 이곳저곳에서 수시로 만날 수 있다. 얼마 전 서울 자곡동의 탄허 스님 기념관에 갔더니 대나무가 기념관의 한쪽 벽면을 장식하며 맑은 고요를 더해주었고, 대하소설『토지』의 무대로 만들어놓은 악양의 최참판 댁과 박경리문학관을 찾아갔더니 대나무숲이 품격을 한층 더해주고 있었다. 또한 경상도 울진의 동해 바닷가 망양정을 오르는 길목에서도 우거진 대나무숲이 바다를 만날 마음의 준비를 미리 시키고 있었다.

대나무는 겨울의 속성인 수성(水性)의 가장 빛난 모습 가운데 하나이다. 사군자가 사계절의 원형과 음양오행론에 근거하여 정해졌다면 대나무는 그중 겨울의 계절성과 북쪽의 수성을 표상하는 자연물이자 문화적 표상이다. 대나무가 지닌 이런 겨울의 성질과 북쪽의 수성은 여름날에 특별히 대접을 받는다. 대나무 돗자리며, 대나무 침구, 대나무 방석이며, 대나무 주렴 등은 모두 이런 성질로 뜨거움을 다스려주는 물품들이다.

그러나 이것은 물질적인 것일 뿐, 대나무가 지닌 겨울의 성품

다르마의 축복

과 북쪽의 수성은 흩어진 정신을 일깨우고 잠든 정신을 불러내어 본상에 닿게 하는 불가에서의 방(棒)과 할(喝), 죽비나 주장자와 같은 역할을 한다. 대나무의 소식은 이처럼 '차가운 각성'에 닿게 한다. 우리는 선원에서 죽비를 치는 소리를 듣거나 스님들이 대나무 지팡이를 짚고 포행(布行)하는 모습을 본다. 대나무가 지닌 이런 속성이 불가의 법구와 법기를 만들도록 이끌었을 것이라 생각된다.

파도 소리, 처음으로
돌아가게 하는 율려(律呂)

아침 바닷가에서 해조음을 듣는다. 바다도 막 잠을 깼는지 그 소리가 조심스럽고 축축하다. 부지런한 바닷새 몇 마리가 어딘가로 날아간다.

저녁이 깃드는 바닷가에서 해조음을 듣는다. 아주 느리고 익숙하며 편안한 소리이다. 아직 기운이 남은 몇 마리 바닷새들이 파도 이랑을 따라 제멋대로 유영하며 논다.

캄캄한 밤 바닷가에서 파도 소리를 듣는다. 누구도 의식하지 않은 어둠 속에서 파도가 제 율동을 찾아 자연스러워진다. 밤

다르마의 축복

의 바다엔 달그림자만 은은하고 아무 기척이 없다.

잠 속에서 문득문득 파도 소리를 듣는다. 아, 바다가 이렇게 가까이 있다고 놀라며 반쯤 깬 눈을 감고 다시 잠을 청한다. 파도 소리를 품고 잠을 자는 밤엔 평소보다 밤이 길다.

어린 시절, 바닷가에서 파도 소리를 듣는다. 무섭지만 신기한 파도 소리가 방학 내내 따라다닌다. 바다에서 평생을 살아도 괜찮을 것 같은 호기심이 크게 일어난다.

청년이 되어 바닷가에 서서 파도 소리를 듣는다. 파도 소리조차 '생각'으로 들리는 청년기이다. 며칠을 머물러도 파도 소리는 어디로 가고 생각만 가득히 안겨온다. 그 생각을 품에 안고 친구를 만나고 글을 쓴다.

노년이 되어 바닷가에서 파도 소리를 듣는다. 파도의 영원성이 가슴에 사무친다. 바다와 파도 소리에 몸을 맡기고 이곳에서 수행자의 길을 가도 좋을 것만 같다.

봄바다에 가서 파도 소리를 듣는다. 그 소리가 향기롭다! 생명이 눈을 뜨고 살아나는 바다의 냄새이다. 파도가 저도 모르게 남기고 간 미역 줄기며 파래 이파리도 더 향기롭게 느껴진다.

여름 바다는 도시 사람들을 절제 없이 불러 모은다. 그 바닷가에서 파도 소리를 듣는다. 파도 소리가 뜨겁게 달아올라 있다. 그러나 아무리 사람들을 많이 불러 모아도 바다는 제 근본적인 율동까지 잃지는 않는다.

피서객들이 떠난 가을의 바닷가에서 파도 소리를 듣는다. 태초부터 그래왔듯이 바닷새들이 주인이 되어 바다와 함께 놀고 있다. 사람들이 떠난 자리에 새로운 풍경의 깊이가 만들어진다.

겨울 바닷가에 와서 파도 소리를 듣는다. 그 웅장한 소리는 존재를 중생(重生)시킨다. 아무 말도 할 수 없을 것 같은 강렬하고 강력한 에너지가 인간을 압도하는 것이다. 이런 겨울 바다 소리에 한 며칠간 호되게 놀라고 돌아가면, 존재의 웬만한

다르마의 축복

잉여는 다 떨어져 나간다. 그리하여 삶은 처음처럼 단순해지고 싱싱해진다.

바다가 있고, 파도 소리가 있다. 찾아갈 바다와 들을 수 있는 파도 소리가 있다는 것은 축복이다.

서리와 눈[雪],
좌절과 초월의 기쁨

　9월 초순의 백로(白露)와 10월 초순의 한로(寒露)는 이슬의 시
간이다. 늦은 저녁이나 이른 아침에 정원으로 나가면 초목과
잔디밭에 이슬이 맺혀 있다. 정원을 거닐면서 이슬의 차가운
감촉을 느끼는 마음은 조금 쓸쓸하다.

　백로라는 하얀 이슬의 시간과 한로라는 서늘한 이슬의 시간
이 지나고 나면 상강(霜降)이라는 서리의 시간이 10월 하순쯤에
다가온다. 서리는 이슬과 달리 억세고 그것은 초목을 사정 없
이 평정하기 시작한다. 이때쯤이면 서리의 그 소식과 관계없이
산천의 단풍은 너무나도 곱지만 단풍 빛의 그 화사함도 점점

다르마의 축복

더 강력해지는 서리의 억센 기운을 감당하지 못하고 스러진다.

11월의 초순쯤 되면 서리는 아주 강력해져서 그만 '된서리'가 되어 내린다. 된서리 앞에서 초목은 완전히 죽은 자처럼 탈색되어 가라앉고 세상은 일시에 할 일이 없는 듯 적막해진다. 이른 봄부터 풀들과 씨름을 하던 농부들이나 정원의 주인들도 이때쯤이 되면 풀들의 완전한 타율적 죽음 앞에서 이상할 정도의 가벼운 절대휴식을 경험한다.

이처럼 도저히 꺾일 것 같지 않던 풀들을 일시에 죽음처럼 항복시키고 마는 된서리, 그 된서리의 대단한 힘을 보고 나면 세상은 이렇듯 한꺼번에 평정될 수도 있다는 사실을 생생하게 알게 된다. 무슨 힘으로, 도대체 어떻게, 이토록 한꺼번에 세상을 평정할 수가 있을까? 타율적이기는 하나 『금강경』의 수보리 존자가 그토록 간절하게 부처님께 질문하였던 조복기심(調伏其心)과 항복기심(降伏其心)이 이런 것이 아닌가 하는 생각이 든다.

된서리가 내려서 일체의 초목이 조복기심과 항복기심의 상태

속에서 새 세상을 만들어내었을 때, 앞서 말한 농부들과 정원의 주인들도 새 삶을 살게 된다. 이를테면 평정된 세상 앞에서 평정된 삶을 함께 살아가는 것이다.

서리가 내리고 세상이 죽음처럼 그 마음을 조복시켰을 때, 세상엔 마음 놓고 눈이 내린다. 이제 이슬의 시간과 서리의 시간을 지나 마침내 눈의 시간이 다가오는 것이다. 11월 중순쯤의 소설(小雪)과 12월 초순쯤의 대설(大雪)은 세상이 온전하게 눈으로 덮여서 어떤 생명의 흔적도 '공터'처럼 지워지는 것을 시현한다. 일체의 세상이 무(無)가 될 수 있음을, 아니 어떤 세상도 공(空)이 될 수 있음을, 그리고 아무리 채워놓은 욕망의 세상도 허(虛)가 될 수 있음을 보여준다.

이와 같은 눈이 내린 날, 사람들은 좌절과 포기를 넘어 초월을 경험한다. 그러면서 이슬이 내리던 시간의 그 쓸쓸함과 서리가 내리던 그 시간의 놀라움을 극복하고 눈과 더불어 기쁨의 시간을 공유한다.

이때 우리의 마음은 완벽한 항복기심과 조복기심 속에서 새

다르마의 축복

로운 차원의 삶을 발견한 것이나 마찬가지이다. 눈이 내리면, 그것도 함박눈이 내려 세상을 하얗게 덮어버리면, 사람들은 이제 그 눈이 녹는 것을 아쉬워하기까지 하는 마음이 드니 말이다. 더욱이 폭설이 내려, 그 폭설로 아랫동네와의 길이 두절되면, 그 폭설 속에서 아무 일도 할 수 없는 감미로움까지 느끼는 것이다.

이렇게 해서 한 해의 항복기심과 조복기심은 완성된다. 그 완성된 자리에서 봄이 움트기 시작하고 사람들이 그 봄을 기다리는 동안 봄은 조금씩 가까이 다가와 입춘(立春)의 노래를 부르게 한다.

이슬의 시간에서 시작하여 서리의 시간을 거치고, 마침내 눈의 시간을 맞이하면서 내면으로 성숙해가는 '하심(下心)'과 '방하착(放下着)'과 '대긍정'의 시간은 참으로 우리를 수련시키는 법계의 고차원적인 묘용이다.

지금은 서리가 내리기 시작할 초입이다. 단풍에 사로잡혀 서리의 시간조차 잊게 되는 흥분감이 인간의 마을을 감싸고 있지만, 서리는 지금까지 그래 왔듯이 된서리가 될 것이고, 그 된서리에 혼이 나면서 사람들은 자연스럽게 눈의 시간을 맞이하게 될 것이다. 두렵지만 또한 기다려지는 시간이기도 하다.

「법성게(法性偈)」, 영원을 가르치는 송가

우리가 알고 싶은 궁극은 '진리'이다. 인간의 인지 능력으로 아주 쉽게 진리를 터득할 수 있다면 얼마나 좋을까? 그러나 진리는 그 소식을 잘 전해주지 않는다. 아니다. 진리는 언제나 그 소식을 전해주고 있지만 인간인 우리들이 다른 곳에 마음을 빼앗기고 사느라 그 소식을 듣지 못하고 있는지도 모른다.

대학마다 진리를 탐구한다고 야단이다. 교시(校是)의 맨 앞자리에 진리 탐구라는 문구를 위엄 있게 적어놓고 있으며, 그 진리를 후원하는 도서관은 점점 더 비대해지고, 교수들과 학생들도 이전보다 더욱더 바쁜 걸음걸이를 하며 분주하다. 우리는 대학이 언젠가 진리의 온전한 모습을 알려줄 것이라는 낙관적 믿음을 버리지 않는다. 언젠가는 인간들이 진리의 실상에 닿을 것이라는 희망을 안고 사는 것이다.

그러나 박사학위가 진리를 온전히 보장한다고 누가 자신 있게 말할 수 있겠는가. 대학의 도서관이 비대해지면 진리의 실상에 가까이 다가갈 것이라고 누가 장담할 수 있겠는가. 교수들과 학생들이 방학조차 쉬지 않고 뛰어다니면 진리에 그만큼 가까이 다가갈 것이라고 누가 보증할 수 있겠는가. 근대의 대학은 밝혀낸 것도 엄청나지만 넘기 어려운 한계 앞에서 난감해하는 것도 사실이다.

이때 의상 스님이 지은 「법성게」를 음미해보는 것은 어떨까. 과학적 실험에 의해서라기보다 통찰력과 직관력에 의하여 법이라는 진리와 그 성품을 꿰뚫어 노래로 전해준 「법성게」야말로 음미할수록 근대학문 앞에서 느끼는 난감함을 감소시켜준다. 실로 진리의 다른 이름인 법과 그 성품인 법성을 그대로 알거나 볼 수 있는 자는 드물 것이다. 어쩌면 인간의 능력으론 불가능할지도 모르겠다. 그렇다면 「법성게」는 어떻게 탄생할 수 있었던 것일까? 의상 스님은 그 전달자일 뿐이니 이를 보고 깨쳐서 드러낸 첫 지혜인이 누구일까?

우리는 석가모니 붓다가 이런 견성(見性)의 첫 인물이라고 생각한다. 외적으로 보면 그분은 우리와 동일한 인간이고 자력으로 이 일을 해냈다. 그렇더라도 그분을 생각하면 온 세계를 조감하여 굽어볼 수 있는 저 천상 어디쯤에 있는 분만 같다. 그렇지 않고서야 어떻게 법과 그 법성을 그토록 명료하며 시원하게 볼 수 있고 읽을 수 있으며 느낄 수 있단 말인가.

「법성게」에 몸을 실으면 이 세상에서 근심할 일이 하나도 없는 것만 같다. 마음속에 법과 법성을 품은 자가 되고, 그로 인해 수많은 외물과 경계의 유혹이 사라지게 되기 때문이다. 비록 이것이 관념의 일이고, 순간의 일에 불과하더라도 법과 법성을 알려주는 '경전(바이블)'과 더불어 있다는 사실만으로도 삶은 한결 의연해진다.

『화엄경』이라 불리는 『대방광불화엄경』의 요체를 7언 30구 210자로 표현한 「법성게」는 읽으면 읽을수록, 외우면 외울수록 그 뜻이 깊은 곳까지 스며들면서 안심과 자유의 세계를 안내한다. 수행이 되지 않은 자에게 「법성게」는 종이 지도책 같은 것이지만, 이런 지도책을 가진 일만으로도 마음은 한결 평안해지는 것이다.

어떤 이들은 질문할 것이다. 정말로 「법성게」가 전하는 말이 맞는 것이냐고. 쉽게 답하기 어려운 일이다. 그런데 한 가지 분명한 것은 「법성게」의 내용을 그대로 믿고 수용할 때 삶은 한없이 평화로워지고 자유로워진다는 것이다. 그러면서 세상이 다르게 보이기 시작한다는 것이다.

「법성게」를 한번 그대로 인용해보고 그 음과 뜻을 우리말로 적고 풀어놓아 본다.

法性圓融無二相　諸法不動本來寂 (법성원융무이상 제법부동본래적)
無名無相絕一切　證智所知非餘境 (무명무상절일체 증지소지비여경)
眞性甚深極微妙　不守自性隨緣成 (진성심심극미묘 불수자성수연성)
一中一切多中一　一卽一切多卽一 (일중일체다중일 일즉일체다즉일)
一微塵中含十方　一切塵中亦如是 (일미진중함시방 일체진중역여시)

다르마의 축복

無量遠劫卽一念　一念卽是無量劫 (무량원겁즉일념 일념즉시무량겁)

九世十世互相卽　仍不雜亂隔別成 (구세십세호상즉 잉불잡란격별성)

初發心時便正覺　生死涅槃相共和 (초발심시변정각 생사열반상공화)

理事冥然無分別　十佛普賢大人境 (이사명연무분별 시불보현대인경)

能仁海印三昧中　繁出如意不思議 (능인해인삼매중 번출여의부사의)

雨寶益生滿虛空　衆生隨器得利益 (우보익생만허공 중생수기득이익)

是故行者還本際　叵息妄想必不得 (시고행자환본제 파식망상필부득)

無緣善巧捉如意　歸家隨分得資糧 (무연선교착여의 귀가수분득자량)

以多羅尼無盡寶　莊嚴法界實寶殿 (이다라니무진보 장엄법계실보전)

窮坐實際中道床　舊來不動名爲佛 (궁좌실제중도상 구래부동명위불)

　법성은 원융하여 두 모습이 없고/모든 법은 움직이지 않고 본래 고요하니/이름도 없고 모양도 없으며 모든 것이 끊겨/증지라야 아는 바이지만 다른 경계 아니네/참된 성품은 깊고 깊으며 가장 미묘해/자성을 지키지 않고 인연 따라 이루네/하나 속에 모든 것이 있고 모든 것 속에 하나가 있으며/하나 그대로 모든 것이며 모든 것 그대로 하나이니/한 티끌 속에 시방을 머금고/모든 티끌마다 또한 그러해/한량 없이 먼 시간이 한 생각이요/한 생각이 한량 없는 시간으로/구세와 십세가 서로 같지만/뒤섞이지 않고 제 모습을 이루네/처음 발심할 때가 바른 깨달음이며/생사와 열반은 항상 함께 하고/이와 사가 하나 되어 분별이 없으니/모든 부처님과 보살님과 큰사람의 경지네/부처님께서 해인삼매 가운데서/뜻대로 부사의함을 나타내고/중생을 이롭게 하는 보배비가 허공에 가득하니/중생들은 그릇 따라 이익을 얻네/그러므로 수행자는 마음자리에 돌아와/망상도 쉬지 않고 열반도 얻지 않으나/분별을 떠난 교묘한 방편으로 뜻대로 여의보배를 잡아/집[불성]에 돌아가 분에 따라 자량을 얻네/다라니[연기실상]의 다함 없는 보배로/법계의 참된 보배궁전을 장엄해/마침내 실제의 중도자리에 앉으니/예부터 움직이지 않아 부처라 이름하네.

— 정화(正花) 풀어씀, 『법성게』 증보판, 법공양, 2010.

여기서 위의 「법성게」를 일일이 더 설명하는 일은 하지 않기로 한다. 만트라처럼 위 게송을 음송하고 음미하다 보면, 그리고 그 일이 반복되고 진실해질수록 위 게송이 전하는 바가 몸속으로 전해져올 것이라고 생각한다. 정말로 진리에 대한 그리움이 물밀 듯이 밀려올 때, 그러나 그 길과 방법을 알 수가 없을 때, 한 번도 직접 만나본 바는 없지만 저 인도 석가부족이 배출했다는 석가모니 붓다를, 그리고 신라의 지혜인이라고 전해지는 의상 스님을 의심 없이 믿고 그분들의 말에 귀를 기울여보는 것도 좋을 것이다.

다르마의 축복

혹여 「법성게」가 한 편의 예술로서의 시와 같은 것이라 하더라도 이 노래가 전해주는 세계는 매우 큰 충격과 전율을 안겨줄 것이다. 그리고 우리의 굳은 마음을 풀어줄 것이다.